中国古典小说丛书

# 残唐五代史演义

[明] 罗贯中 著

江西美術出版社
全国百佳出版单位

图书在版编目（CIP）数据

残唐五代史演义/（明）罗贯中著.--南昌:江西美术出版社,2018.10（2019.10 重印）

ISBN 978-7-5480-6194-6

Ⅰ.①残… Ⅱ.①罗… Ⅲ.①章回小说—中国—明代 Ⅳ.①I242.4

中国版本图书馆CIP数据核字（2018）第140575号

出 品 人：周建森
企　　划：江西美术出版社北京分社
（北京江美长风文化传播有限公司）
责任编辑：楚天顺　朱鲁巍　康紫苏
责任印制：谭勋

# 残唐五代史演义

CANTANG WUDAISHI YANYI

（明）罗贯中　著

出版发行：江西美术出版社
社　　址：南昌市子安路 66 号　江美大厦
网　　址：http：//www.jxfinearts.com
电子信箱：jxms@jxfinearts.com
电　　话：010-82293750　0791-86566124
邮　　编：330025
经　　销：全国新华书店
印　　刷：河北盛世彩捷印刷有限公司
版　　次：2018 年 10 月第 1 版
印　　次：2019 年 10 月第 2 次印刷
开　　本：690mm × 960mm　1/16
印　　张：13.5
ISBN 978-7-5480-6194-6
定　　价：32.00 元

# “中国古典小说丛书”出版说明

所谓“古典小说”云者，其义有二焉：一曰，但凡古代之小说，皆可谓之“古典小说”；一曰，但凡技法未受泰西影响之小说，亦可谓之“古典小说”。然此特就今人之观念言之耳。

揆诸坟典，“小说”一词，出自《庄子·外物篇》，其言曰：“饰小说以干县令，其于大达亦远矣。”由此观之，庄子所谓“小说”，不过琐屑之言，以其无关道术，故以小说名之耳。

炎汉成、哀之世，刘向、刘歆父子典校秘书，检讨百家学说，取桓谭《新论》“小说家合丛残小语，近取譬论，以作短书，治身治家，有可观之辞”之意，把《伊尹说》《鬻子说》诸书，归为“小说家”之书，而《汉书·艺文志》(以下简称《汉志》)继之。夷考其说，“小说家者流，盖出于稗官，街谈巷语，道听途说者之所造也”(语出《汉志》)，此亦非后世之小说也。

唐修《隋书》，其《经籍志》立论本诸《汉志》，以小说为“街谈巷语之说”(《隋书·经籍志》语)。当此之时，小说之名虽同，而其类目稍广，举凡《燕丹子》《世说》《迩说》之属，皆可入诸小说名下。

后晋修《唐书》，其《经籍志》立论与《隋志》无异，以《博物志》隶小说，此为“神异志怪之书”入小说之始。

天水一朝，欧阳文忠公撰《新唐书·艺文志》(以下简称《新唐志》)，以《列异传》《甄异传》《续齐谐记》《感应传》《旌异记》等“史部·杂传类”之书移于“小说类”。至是，小说之部类日棼。

及元脱脱修《宋史》，《艺文志·小说类》承《新唐志》之旧而增广之。

明胡应麟以小说繁夥，派别滋多，于是综核大凡，分小说为六类：一曰“志怪”，一曰“传奇”，一曰“杂录”，一曰“丛谈”，一曰“辩订”，一曰“箴规”。至此，小说一类已蔚为大观，脱《汉志》“街谈巷语”之成规。

清修“四库”，《总目提要》(以下简称《提要》)别小说为三派，“其一叙述杂事……其一记录异闻……其一缀辑琐语”，而又损益之。考诸《提要》，则损益可知：一曰，进“丛谈”“辩订”“箴规”为“杂家”；一曰，隶《山海经》《穆天子传》诸书于小说。小说范围，至是乃稍整洁矣。其分目虽殊，而论述则袭诸旧志。

曩者宋元明清之史志，难觅“平话”“演义”之书，此特士夫习气，鄙其为末流所使然也。史家成见，一至于斯。今人刻书，自当脱古人窠臼。

说部诸书，以文体分，有“白话”“文言”之别；以体裁分，有“话本”“传奇”“演义”之别；以内容分，有“佳话”“世情”“侠义”“家将”“神魔”之别。细玩其文，既有劝世之良言，亦有“诲淫诲盗”之糟粕，而抉择去取，转成读说部书之第一要务。以此之故，编者特于说部诸书择其精者，辑之而为“中国古典小说丛书”，凡百余种。

然说部之书浩如烟海，其精者又何限于区区百十之数？此次出版，难免遗珠之憾。然能俾读者因之而省择取之劳，进而得窥说部精要，示人以津梁，则尚不违出版“中国古典小说丛书”之初心。

说部之书，多出自书坊，脱误错乱，在所难免，故于“取其精华，去其糟粕”外，尚需广施校雠，始得成其为可读之书。以此之故，编者多方搜罗以定底本，精排其版以美其观，躬自校雠以正讹误，然后付诸枣梨，装订成书，以飨读者。

限于编者学力有限，书中疏漏之处，在所难免，尚祈广大方家、读者诸君不吝批评斧正。凡能指出书中一二谬误者，皆为吾师，吾人不胜感激之至。

戊戌仲夏上浣，邵鹏军序于丰台晓月里

# 目　录

第一回

# 孙待诏史记世系

按宋待诏孙甫史记：

子丑乾坤判，惟寅人所生。圣君开至治，贤相在新民。
三王惟尚德，五帝尽施仁。唐虞民物阜，汤武放顽民。
春秋因鲁史，孔子道难行。德衰征伐尚，风漓治乱循。
图王人罕见，尚霸众争横。秦强吞六国，汉杰羡三人。
东西二百四，吴魏蜀三分。五季相循并，君臣迭乱争。
一朝征战起，藩镇坐皇廷。世祖承平治，太宗起义兵。
辽夷皆拱服，怙恶尽称臣。胡虏入中国，宫中开祸门。
禄山方被扫，巢贼又侵凌。天意除奸暴，否泰本相循。
赓歌记遗迹，传记最分明。

歌之不足复赋之以律云：

唐虞三代皆崇德，降自春秋治不隆。
扰扰兵戈无义战，纷纷谋利诈相攻。
汉祛秦暴真天命，唐统华夷杂霸功。
祸乱若无安禄兆，黄巢焉敢乱僖宗。

此后单道隋炀帝开汴河，天下群雄并起，六十四处烟尘反乱，十八处擅改年号：

| | | |
|---|---|---|
| 辽东李　密 | 江南萧　铣 | 幽州刘隆真 |
| 明州窦建德 | 河州梁师都 | 饶州林士弘 |
| 源州李　轨 | 湖州沈法兴 | 兖州徐圆朗 |
| 楚州朱　灿 | 登州李子通 | 济州辅公佑 |
| 山后刘武周 | 建州刘黑闼 | 西城韩世充 |
| 扬州宇文化 | 兰州薛　举 | |

当时那十八处烟尘，皆被唐太宗扫灭，混为一统天下，建号大唐：

| | | | | | | | |
|---|---|---|---|---|---|---|---|
| 太宗 | 高宗 | 中宗 | 睿宗 | 玄宗 | 肃宗 | 代宗 | 德宗 |
| 顺宗 | 宪宗 | 穆宗 | 敬宗 | 文宗 | 武宗 | 宣宗 | 懿宗 |

第二回

# 唐天子开科取士

却说懿宗传至十七代。僖宗即位。僖宗名儇，懿宗少子也。年十三，为宦官刘行深、韩文约所立。建都于长安，改元乾符元年。僖宗设朝，诗云：

绛帻鸡人报晓筹，尚衣方进紫云裘。
九天阊阖开宫殿，万国衣冠拜冕旒。
日色才临仙掌动，香烟欲傍衮龙浮。
群臣朝罢归来处，一派珂声绕凤楼。

众臣朝毕，僖宗问："天下甚荒，黎民反乱，何以治之？"言未尽，闪出佞臣田令孜。此人总督三省六部，正是文官的班头、武将的领袖。奏说："臣闻天下荒乱，贼寇蜂起，男子插刀枪而种田，妇女披衣甲而馈饷，只因文无清官，武少勇将。乞我主开文武二选场，选取天下文人勇士，叫他为官为将，讨贼安民，则太子可立致矣。"帝准奏，即命次日出榜招贤。天下举子，尽到咸阳。

只因招选诸贤士，竦动英雄杰士心。

第三回

# 赤墙村黄巢出身

时朝廷昏乱，佞臣当道，有钱重任，无钱不用。因此，曹州反了王仙芝，濮州反了尚君长。唐遣令孜领兵十万剿除。世之盛衰，国之兴废，皆有定数。太平时节，国有英雄扶社稷；离乱之时，天生奸佞乱乾坤。

却说曹州冤句县赤墙村，一人姓黄名宗旦，世为盐商。娶妻田氏回家，径从巢林经过，见一小儿席地而坐，身穿黄衣，叫田氏为娘，化一道黄气冲入田氏怀中。田氏归即有孕。怀胎二十五个月，一日诞下，形容怪异，身长二尺，眉横一字，牙排二齿，鼻生三窍，左臂生肉滕蛇一条，右臂生肉隋球一个，背上有八卦，胸前有七星。宗旦见了惊疑，遂将此子丢在沟渠。时有土地将此子移在巢树上鸦鹊窠中。经过旬日，宗旦复从巢林经过，忽闻树上小儿叫声。宗旦举目视之，乃日前丢的小儿，遂取将下来。宗旦惊曰："此子奇异！"乃抱回家，仍命田氏抚育，取名黄巢，及长，表字巨天。博览经史，精熟武艺。

是时乾符三年，天下荒旱，改为广明元年。庚子岁，巢闻长安大开武试，招募英才，即辞父母，竟赴长安。入场试毕，果中武举状元。次日朝帝，令孜引至驾前请旨。帝问："那个是状元？"令孜奏曰：

"此人是状元。"僖宗一见黄巢，身长一丈，膀阔三停，面如金纸，眉横一字，牙排二齿，鼻生三窍，唬得魂不附体，半晌方定。僖宗大怒，将黄巢革退不用。当驾官说："朝廷嫌你丑貌，故不肯用。"

黄巢退出朝门之外，默然叹曰："明诏上只说选文章武艺，不曾说拣面貌，早知昏君以面貌取人，我也不来。"本欲回家，羞见父母。大丈夫不做暗事，袖中取出笔来。只见街头一只锦毛雄鸡，望黄巢叫了一声。巢曰："昏君不识贤，鸡倒识贤。"又说，"鸡，我若有天下之分，你大叫一声。"那鸡又叫一声。巢大悦，举笔写诗八句云：

> 雄鸡有五德，今朝见我鸣。顶上红冠正，身披紫锦文。
> 心中常怀义，大叫两三声。唤出扶桑日，重叫天下明。

巢作诗毕，进酒馆饮酒，乘兴又在粉墙上写反词云：

> 昏君失政，宠用奸邪，荒荒杂乱，文武无能。唐僖宗有眼无珠，见贤才不能擢用。可惜我十年辛苦，到今日不得成名。暗思昔日楚汉争锋，一个力拔太山，一个量宽沧海。他两个战乌江，英雄抵敌；诣咸阳，火德肇兴。某也志高汉斗，气吐虹霓，意欲匹马单刀，横行天下，管叫那刀兵动处，把唐朝一旦平吞。

有诗为证：

> 浩气腾腾贯斗牛，班超投笔去封侯，
> 马前但得三千卒，敢夺唐朝四百州。

黄巢写下诗词，即收拾琴剑书箱，出了长安城，对天誓曰："黄巢若得寸进，定要夺取唐朝天下。"言罢而去。却说巡城军官，看见反诗，抄奏朝廷。僖宗即宣令孜曰："黄巢写下反诗，要夺朕之天下，卿何治之？"令孜奏曰："我主宽心，乞敕画影图形，捉拿巢贼，抄没其家。”帝准其奏，即时命写榜文，各处张挂，不在话下。

却说长安城外，有一藏梅寺，寺中有个法明长老。一日领众僧上殿，见琉璃灯光不明，视之，只见里面无油，申怪徒弟。徒弟曰：“我夜夜添油，不知油到那里去了。”至晚，其僧隐于殿内。未及二鼓，忽见二鬼手提瓦罐，到殿内偷油。其僧急报长老，长老不信。至次晚，复隐于殿内，二鬼又来偷油。其徒急报长老，长老即引众行者到殿，见二鬼果在偷油。长老问二鬼偷油作何用，二鬼答曰：“今有三曹阴司，攒造生死轮回册，无油点灯，因此差我们到各寺观取油应用。”长老问二鬼曰：“册内载的是什么事？”二鬼答曰：“那册内说，一人姓黄名巢，字巨天，生得眉横一字，牙排二齿，鼻生三窍，面如金纸，有帝王之份。目下起兵混唐，在藏梅寺起手，开刀先杀一僧，名法明。他将后杀人八百万，血流三千里。”长老听罢，对二鬼云：“你可救我一命？”二鬼道：“天曹已先攒造一本去讫，除非黄巢不杀方好。”鬼使说罢而去。长老烦恼，每日差一行者在山门外伺候。

却说黄巢听得朝廷出捉拿榜文，四方捕捉，遂从山路逃走。忽一日到一山，但见山头：

云霭霭，雾漫漫，水潺潺，石蹬蹬。鸟啼古木，鹤唳老松。路盘狐兔迹交加，谷应豺狼声咆哮。行人难进步，正是老僧家。

又有诗为证：

壮哉山寺石岩边，渺渺遥瞻斗柄连。
殿阁巍峨侵碧汉，楼台缭绕漱清泉。
金钟隐隐雷声吼，宝塔重重月影圆。
静听法华皆梵语，谁知此处有西天。

第四回

# 黄巢藏梅寺起手

黄巢看山顶上有寺，碑上写着“藏梅禅寺”四字，景致非凡。有诗为证：

> 金光万道冲云汉，紫雾千条锁翠峰。
> 景物非凡观不尽，原来却是梵王宫。

黄巢正游玩间，那行者见了，报与长老说：“山门外有一人，生得十分古怪，想是黄巢。”长老听得，即吩咐本寺众僧，铺毡焚香，一步一拜来接黄巢。至方丈内坐下，长老说：“接迟主公，乞恕小僧之罪。”巢喝道：“休胡说，谁是主公？”长老遂将前事备说一番。黄巢心中暗道：“我若果有此事，你这寺中僧人不杀一个。”长老安排酒席款待，巢遂匿于寺中。

忽一日，到后花园中看景。行至树下，见桌上放着一张琴，巢近前抚罢一曲，则见东南风起，蓦地云生，天风过处，闪出一仙女，立在黄巢面前道：“吾奉上方敕令，差吾下来送此一口宝剑与你。此剑杀人八百万，血流三千里。”巢接剑在手，低头便拜。仙女指道:“兀的那东南方有一位仙长来了。”巢回头看时，仙女化道清风而去。巢得剑欢喜不胜，将剑与长老看，说知其事。长老道:“贫僧决无谬言。”

时值五月十四日，巢叫长老云:“我选庚子年壬申月甲申日庚午时，是五月十五日，我试剑起手。你寺里僧人，尽行回避。”言未尽，只见行者来报曰:“山后王十万家来请，十五日寺中大小僧众赴斋。”长老吩咐:“你众僧明日都去赴斋，我在寺中服侍主公。”吩咐已毕。次日天早，众僧齐去赴斋，长老安排早饭与黄巢吃。巢说:“今日午时三刻，开刀起手，你要回避。”长老辞了黄巢，自去躲身。出门只见路旁一株大树，年久心空，长老遂隐身于树内。不觉午时已到。

却说黄巢望天祝谢曰:

> 巢本唐臣，一介书生。只因当今无道，宠任奸邪，用舍颠倒，思乱纷纷。权臣贪贿财利，不论贤才；主上唯取相貌形容，不分豪杰。巢因此誓削权奸，扫清天下，夺取江山。况荷宝剑颁临，钦承明命。乘此吉期，开肱展臂。果蒙默佑，受命遐昌。

祝毕，手执宝剑叹曰：“我有愿在先，不杀寺中一个僧人。”阔步出寺，四顾无人，就将这大树起手开刀。把剑往树上一砍，只见人头落地，鲜血喷天。巢说：“莫非这树内有人？”视之，乃法明长老。巢说：“我本心不要杀你，只因你躲此，大数不过。”有诗为证:

> 不肯参禅苦自修，法明长老命该休。
> 身藏大树无人见，谁识钢刀不肯留。
> 黄巢大树试钢刀，只道藏梅僧尽逃。
> 非是法明藏不密，奈缘天数莫能饶。

第五回

# 黄巢杀入长安城

黄巢斩了法明，遂离藏梅寺。行至阳关大路，见一伙人在前面，巢大喜，祷告天地曰：“我若有天下之份，将这伙人都归顺于我。”黄巢大叫曰：“你众人是那里去的？”唬得那伙人一齐跪下道：“我们是不及第的举子。”巢问曰：“你们肯跟我前去杀夺大唐天下么？”众人曰：“情愿跟大王前去。”黄巢得了这伙人扶助，就反上金顶太行山，杀到宋州。未及半载，收了朱温、尚让、柳彦璋、柳彦随、葛从周、邓天王、孟绝海等，聚饿夫兵百万。叫葛从周为总兵，尚让做军师，夺了东南州郡，领兵直至潼关。

守关二将李茂、宋真，与巢将邓天王交马不及三回合，二将大败，弃了潼关，奔上长安见驾。奏曰：“今有黄巢，领饿夫兵百万，抢了潼关，臣等抵敌不过，乞发大军前去，剿除贼众，以安万民。”帝闻大惊。又报巢兵到八里桥安营。帝宣田令孜曰：“这事怎了？”令孜奏曰：“事已急矣，不如前往西祁州避兵。”帝问曰：“西祁州那得宫殿安身？”令孜奏曰：“昔日七帝明皇因禄山渔阳兵变，上西祁州避兵，建立的宫殿尚存。”帝即传旨，收拾三宫六院、嫔妃彩女，上西祁州去。令孜奏曰：“军情紧急，只一君一后足矣。”当日，田令孜同文武保驾，离长安径上西祁州。逸狂诗曰：

> 潼关贼破寇无休，坚守招兵或可收。
> 恨杀奸臣无计策，轻移车驾上祁州。

却说黄巢正坐帐中，哨马报："僖宗离了长安，望西祁州去了。"黄巢即令将士领兵追赶，葛从周曰："且令人先洗宫院，登了大位，那时再去追赶未迟。"巢依言，令朱温领兵去洗宫院。朱温进了长安，但见唐宫中：

> 黑漫漫征云笼凤阁，昏惨惨杀气绕龙楼。喊声滚滚，吓嫔妃急登罗帏；战鼓冬冬，惊彩女忙投锦帐。千秋池下，撇了些破甲残旗；万岁山前，丢了些折弓损箭。直杀得；绛绡楼下胭脂湿，白玉城边血浪翻。

朱温直杀至后宫，见帝妹玉銮英正欲投井，温向前将欲杀之，但见红光满面，遂按剑喝曰："汝何人也？"玉銮英泣告曰："妾乃帝之妹也。"温曰："可曾婚配么？"玉銮英曰："未曾适人。"温命銮英近前，但见有闭月羞花之貌，沉鱼落雁之容，遂对玉銮英曰："吾乃朱五经之子朱温是也。但得汝为夫人，吾之愿也。"銮英勉强从之。时广平元年秋七月也。温将銮英假装军人，相杂而出。

于是唐金吾将军张方直率文武数十人，请巢为帝，遂进冠冕玺绶，巢就太极殿南面而坐，受文武官僚山呼称贺。是日，巢即皇帝位，国号大齐，改元金统元年。立子球为太子，封尚让为太尉，葛从周为行兵总管。唐之旧臣，三品以上者，悉停不用；四品以下者，使居旧职。其余诸将，各据功赏爵。遂问众臣："僖宗既上西祁州去，众将谁往追之以绝后患？"朱温奏曰："小将愿往。"巢即命温引精兵一万追之。逸狂诗曰：

当年逆贼寇咸阳，威逼銮舆避远方。

天使朱温追驾急，銮英劝化幸无伤。

僖宗车驾行了数日，忽见旌旗蔽日，尘土遮天，一阵人马来到，众皆失色，帝大惊。田令孜出马曰：“来将何人，敢拦圣驾？”绣旗影里，闪出一将，金甲玉带，跨紫骝马，持宣花斧，便问天子何在。帝战栗不能语，群臣闻知，皆无所措。王子向前叱曰：“来者何人？”畋曰：“臣是西祁州节度使郑畋，特来接驾。”王子曰：“既来接驾，天子在此，何不下马？”畋慌忙下马，拜于道左。帝曰：“追兵大至，汝可迎敌。”畋曰：“陛下勿忧，臣愿领铁骑相拒，破之必矣。”言未绝，只见后面尘埃起处，金鼓齐鸣，朱温人马至近。畋即将人马摆开阵势，手持月斧，跃马当先。但见朱温：

身长一丈，膀阔三停，面如噀血，齿似狼牙，耳犹两翼，蓝发红须。真如八臂那吒离天阙，开山小鬼下坡来。

第六回

# 郑畋大战朱全忠

畋见朱温遂大骂：“反贼！早早回兵，休来寻死。”温怒，持枪来迎。两马相交，斗上一百余回合，不分胜败。日已沉西，鸣金收军，两马并回。郑畋回至营中见帝，畋曰：“臣与朱温战上一百余回合，不分胜负，吾来日必定擒之。”帝曰：“且自将息，来日再议。”

却说朱温回至寨内，恨气未消，带酒而言：“明日定擒僖宗，以献吾主。”言未绝，只见屏后转出一佳人，近前声言不可。温视之，乃玉銮英也。温曰：“汝有何言？”銮英曰：“僖宗乃妾之兄也，天下已被汝众夺去，何故定要擒之？”温曰：“汝乃女流之辈，有何识见！僖宗，草创昏君；大齐，真命之主。无德让有德，自古皆然。斩草若不除根，恐后复发矣。”銮英曰：“君言谬矣！唐之天下，子孙相承一十七世，反言草创；黄巢只一匹夫，起于强寇，称为真主，此何理也？岂不闻古人有云：‘顺天者存，逆天者亡。’汝若改邪归正，弃贼扶唐，实为良久之计。将军请熟思之！”温听言沉吟半晌，欣然悟曰：“汝言是也，吾意已决。”遂吩咐手下收拾降旗，准备降唐。

却说次日，郑畋复来搦战。只见温素体戎装，身无寸铁，手执降旗，大叫：“唐将休得放箭，吾来降唐。”畋曰：“既然如此，吾当带汝见驾。”畋以此事来奏，帝曰：“斯人终是为盗，岂容纳之？”田令孜曰：“目今用人之际，既有降兵，不可不纳。”帝即从之，遂宣召至阙下。拜叩已毕。帝见温形容古怪，实有惊恐之意，问：“汝是何人？”温曰：“臣是黄巢部将，姓朱名温，奉巢命来追圣驾，实该万死。臣今不敢有违天命，特来愿充前部，同破巢贼。”帝曰：“诚如是，社稷生灵之福也。”温奏曰：“臣启陛下，近日臣因扫宫，见御妹玉蛮英将身赴井，实臣救之，现在营中，请陛下圣鉴。”帝闻奏愕然，半晌无言，自觉满面羞惭。田令孜曰：“此人有大功，合配御妹为妻，陛下迟疑乎？”帝欣然从之，遂封温为汴梁节度使，更赐玉带一条。时帝嫌温容貌丑陋，名字又恶，因赐名全忠，令以温字改之。温心暗喜，已知字意乃“人王中心”四字，顿首谢恩而出。温领人马上汴梁去讫。

却说郑畋保驾进西祁州，帝即日升殿，改元中和元年。群臣朝贺已毕，帝仰面大哭。畋跪曰：“今日入城登殿，且一路平安，乃喜事耳！大哭何也？”帝曰：“朕哭高祖耳！”畋曰：“高祖崩已久矣，陛下此哭何意？”帝曰：“朕想高祖太宗，东荡西除，南征北伐，苦争血战，混成一统天下，传流一十七世。今被巢贼所侵，社稷危在旦夕，朕有何颜见高祖于地下乎？”言罢又哭。畋曰：“失天下，乃天运循环使之然也。近日西祁州街市童谣云：

庚子年来日月枯，唐朝天下有如无。
山中果木重重结，巢就鸦飞犯帝都。
世上逆流三尺血，蜀中两见驻銮舆。
若要太平无士马，除是阴山碧眼鹕。

以此论之，正应天运有变。‘庚子年来日月枯’，陛下立乾符元年，至乾符二年是庚子，我主又改为广明元年，‘明’乃‘日月’也，今岁失天下，岂不是‘枯’矣！‘唐朝天下有如无’，即今黄巢在位，未知中兴如何，岂不是‘有如无’也。‘山中果木重重结’，果字头有‘三丝’乃为‘巢’字，岂不是‘重重结’也。‘巢就鸦飞犯帝都’，今黄巢入长安夺帝位，岂不是‘犯帝都’也。‘世上逆流三尺血’，自黄巢作乱，顺者存逆者亡，纵兵屠杀，流血成川，岂不是‘三尺血’也。‘蜀中两见驻銮舆’，昔安禄山作叛，明皇蜀中避难；今日巢兵逼陛下，亦在蜀中避难，岂不是‘蜀中两见驻銮舆’也。末此二句，‘若要太平无士马，除是阴山碧眼鹏’，‘碧眼鹏’即李鸦儿也。”帝曰：“鸦儿是何等人？”畋曰：“此人王侯之子，帝室之胄，陛下缘何不识？”帝曰：“朕实不识，卿试言之。”畋曰：“此人父名国昌，在朝廷有大功，得赐姓李。生子克用，善能骑射，骁勇无敌，官封为兵马使。尝因受诏监筵，只因国舅段文初闹席，与克用两下拒言，克用大怒，一拳打落文初二齿。文初欲奏朝廷，克用性如烈火，即取出铜锤，将段文初打死。朝廷闻之，欲杀克用，赖众臣力救，得贬于直北沙陀歇马。克用一到彼处，训练军士，招集番兵四十余万，有五百家骁勇兵将、十二太保，皆无敌之士。此人生得左眼大右眼小，黄睛绿珠，人皆称为独眼龙，自号碧眼鹏。每出阵，有三万三千三百三十个铁甲军皆穿皂衣，号为鸦兵。今黄巢乃鸟巢也，谣言‘群鸦入巢，巢必破矣’。须得此一支军来救取，方可无危矣！”

帝大喜，便问群臣谁可为使，前往直北取回克用。阶下一人进曰：“臣虽不才，愿往直北，调取克用人马，剿除巢贼。”帝视之，乃吏部尚书程敬思也。帝曰：“卿去甚当，奈外夷与中国语言不同，人物亦异，克用心怀愤惧，未必便来。”敬思曰：“臣幼颇通番语，且与克用有一面之交，陛下赦其死罪，封克用官职，臣往以言抚慰之，彼必引兵来恢复矣。”帝曰：“封他何职？”敬思曰：“陛下先肯擢以重任，使克用得展其威武，方好举兵行事。”帝曰：“朕即封克用为忻代石岚破巢兵马大元帅雁门关都招讨。”遂赐金宝十车、金银牌五百面、空头宣五百道、龙衣一套、玉带一条，更遣八员健将、五百名官军，金宝敕书，即日便行。一面遣人调取二十八镇诸侯，都到河中府会兵取齐，待克用人马到来，协同破巢。

二十八镇诸侯：

| | | |
|---|---|---|
| 函国公袁容 | 晋国公王铎 | 荆面王　元 |
| 泾原程宗楚 | 秦州仇公遇 | 寰州童弘真 |
| 同台岳彦真 | 华州韩　鉴 | 曹州曹　顺 |
| 兖州周　顺 | 郓州赫连铎 | 河中府王重荣 |
| 幽州马三铁 | 定州王景宗 | 汴梁朱全忠 |
| 徐州支　祥 | 景州周太初 | 平州王用之 |
| 寿州张仲仁 | 莱州马君武 | 陈州刘从吉 |
| 孟州朱合爽 | 朔州唐大弘 | 邠州朱　文 |
| 鄜州杨思恭 | 青州王敬武 | 于州王守存 |
| 覃州邵升昌 | | |

第七回

# 敬思奉诏宣晋王

却说敬思领了金宝敕书等件，随带官军五百名，一簇人马望北进发，途中有词为证，但见：

风飒飒，草萋萋，云惨淡，雨淋漓。沙鸟飞低岸，孤雁落平堤。霜迹板桥千古道，月明茅店一声鸡。

敬思在路上饥餐渴饮，夜住晓行，纵马直至大潼城下。勒马有感，遂吟一律云：

持鞭勒马立芳洲，客路那堪满目秋。
万叠苍山云惨惨，半泓野水绿悠悠。
西风征雁添乡思，寒树归鸦起暮愁。
一点忠心思报国，何时恢复旧神州。

敬思吟罢，遂出了大潼城，望前进发。

行了数日，直至野狐岭下。闪出一彪人马，为首一将，头裹黄巾，身穿战袍，持枪跃马，拦住去路，厉声喝曰：“何人在此经过？留下金宝！”敬思向前告曰：“吾乃大唐通使程敬思是也。领着朝廷敕书，往直北去取李克用的。只以敕书进用，安有金宝？纵有亦难献纳。”其人听言大怒，把旗一展，众兵无数漫山塞野而来。将五百人马、金宝物件尽皆劫夺，往密松林内去了。只剩下程敬思一人一马，在旷野放声大哭，遂跳下马来，解脱缰绳，欲向林中自缢。正在犹豫，忽听得松林下一声鼓响，闪出一支围猎兵来，打起皂雕旗，旗下拥着一个年少番官。看他怎生打扮？但见：

身长九尺，年近二旬，面如童枣，体似狼形。头戴一顶银鼠帽，身披一领锦貂裘，腰系一条狮蛮带，袋插一族狼牙箭。座下青靛靛追风马，手持明晃晃方天戟。

那番官人马拥至林前，大喝曰：“汝是何人在此寻死？”敬思向前跪曰：“吾是大唐宣差官程敬思也，吾有事要见李克用。”番官曰：“莫非吏部尚书程敬思乎？”敬思曰：“然。”番官遂滚鞍下马，扶起敬思，汗流浃背。敬思便问：“将军何人？”番官曰：“俺是沙陀李晋王大太保李嗣源是也。吾父尝言叔父盛德，不能相会。叔父何不在朝致君泽民，到此沙漠之地，有何缘故？”敬思曰：“今有曹州一人姓黄名巢，聚贼兵百万，劫掠州郡，不半载，夺了东西二京，杀戮唐之臣庶不可胜计。今圣上在西祁州避其锋镝，众臣商议，特遣我赍旨意一道，金宝十车、金银牌五百面、空头宣五百道、八员健将、五百名官军，取汝父子入中原，洗灭巢贼。不料来到此处，遇一支兵将，金宝、人马尽抢入密松林去。某思进退无路，不如寻个自尽。正在犹豫，幸遇贤侄到，是吾三生有幸矣！”嗣源曰：“叔父勿惊，待小侄一并夺取回来交还叔父。”有诗为证：

怒发冲冠虎将威，松林小贼敢相欺。
阵前声喝如雷吼，金宝黄麻尽送归。

嗣源绰枪上马，径往密松林索战。忽见林内一黑汉，引二百余喽啰，出林外拜伏于地。嗣源问曰："汝何人也？"答曰："某姓薛名铁山，劫掠为生，恰聚三百余人，却才同伴谢应达林外巡哨，误将金宝劫掠上山。吾问从者，云是大唐送献太保的物件，吾欲送出林外来，谢应达不从，被某杀之。今献头与太保请罪，愿以部下众人归降。"嗣源遂收留，合兵一处，敬思与嗣源并辔而行，径投金莲川来。

嗣源先遣人报其父李克用，克用知敬思已至界口，遂引军一万，离直北百里来接。但见那克用真个英雄好汉！有诗为证：

> 顶上金盔双凤翅，身披凯甲累金妆。袋内弓弯生挺硬，壶中箭插点唇钢。刀悬偃月除奸党，剑挂青虹草贼亡。自幼曾观三略法，老年出阵气昂昂。

李克用接见敬思，敬思拜伏于地。克用慌答之曰："久慕故人，无由一会。今幸得相见，足慰平生渴仰之思。"敬思答曰："大唐天下今为黄巢所夺，京城俱陷，驾往西祁州避兵。想大王人马雄健，必尽忠皇室。臣不辞跋涉，远赍敕旨金宝，奉献大王麾下。万望垂救，实国家生灵之大幸也。"克用曰："既有圣旨，即排香案迎接。"入帐开读：

> 奉天承运皇帝诏曰：朕闻乾坤阖辟，盖张广大之兵；月日升沉，实起照临之德。自我高祖以至于朕，相传一十七代。朕无上祖之能，尽赖文武辅佐。今有曹州冤句县黄巢逆贼，乃王仙芝余党，聚百万之众，侵朕天下，关外一百五十余处，各州郡县，尽属黄巢。今朕不得已，而远迁于西蜀行宫，尚存于成都。巢贼心犹不足，旦夕招军，意在得陇望蜀。朕今欲恢复大唐，保安家国，怎奈内无贤臣，外无勇将。兹特封皇兄为忻伐石岚破巢兵马大元帅雁门关都招讨，更赐龙衣一套、玉带一条、金宝十车、金银牌五百面，空头宣五百道。天下官军，悉听节制。勿负朕心，宜早兴兵，故兹诏示，想宜知悉。中和二年十月上旬诏。

读了诏书，望阙谢恩。程敬思献上玉带物件。克用头戴冲天冠，身衮龙袍，更挂淡黄衣，腰系白玉带。不移时，令十二太保、五百家将，皆来谢恩。逸狂诗云：

丹诏来宣帝室亲，龙衣玉带并珠珍。斡旋天地加高爵，恢复山河召总兵。急拯生民离水火，早诛强暴灭烟尘。郑畋不解童谣数，鸦谷黄巢未易平。

第八回

# 晋王起兵入中原

晋王设宴款待敬思，不觉已过旬日，绝口不言起兵。一日会宴，酒至半酣，敬思避席言曰：“大王几时动兵？”晋王曰：“目今天寒地冻，草木已枯，人马难行。待等来春，天气融和，草青沙暖，才好相持。”敬思曰：“救兵如救火。中原百姓立待大王，如大旱之望云霓也，不可迟缓，愿熟思之。”言罢，只见晋王背后一女子，高声大言曰：“看汝枉为丈夫。僖宗正在危急之际，专望救援，恨不得一日兵到。何故迟滞耶？妾虽女流，敢领兵前去灭贼，以慰中原之望。”敬思视之，那女子：

> 貂裘翠帽，一似出塞昭君；杏眼桃腮，不亚前朝贾氏。朱唇款动，开一颗樱桃；皓齿轻掀，露两行碎玉。湘裙紧系，恰像吴宫西子；金莲缓步，浑如蓬岛仙姑。

这女子是谁？乃晋王正宫刘妃也。能使两口雁翎刀，军中敢战无敌。晋王曰：“汝是妇人，有何高见，缘何在此多言？”刘妃曰：“大王受国重恩，早宜报效，何待来春？且大唐关外各镇诸侯，皆是好汉，倘有一路灭了黄巢，那时大王有何面目再见朝廷乎？”晋王曰：“汝言是也。吾即调遣人马，准备起程。”于是传下号令。

李嗣源收拾干粮炒面，点起两营番汉人马，约有四十余万。次日辰牌鼓响，众兵离了金莲川，望平原进发。但见旌旗蔽日，剑戟如林，人马争驰，果然雄健。大军正行，前面哨马回报已到黑河。敬思暗想：“晋王老汉，贪着直北富贵，懒上中原，待我将黑河的故事细说一番，看他如何？”敬思曰：“大王曾识这黑河故事否？”晋王曰：“吾乃粗略武夫，安能识此？”敬思曰：“此故事着于史册明矣。昔汉元帝一妃名曰昭君，大有姿色，被奸臣毛延寿图了真容，献上北番单于主。后来昭君和番到此，见直北是夷狄地界，不肯前去，遂投此河而死。大王不信，某记有词一篇为证：

望昭君渐远，流粉泪，湿征鞍。塞雁南飞，行人北渡，无限关山。烟花顿成消索，问琵琶，今后与谁弹？唯有清风明月，教人怨恨长安。

梨花不奈风寒，叶落粉香散。问长安，彩鸾人去也，想神仙，何日到人间？试问他愁知多少？似黑河流水潺潺。”

又有诗一首为证：

黑河流水响潺潺，不断阴云蔽玉关。
红粉无颜从北虏，琵琶死后问谁弹？”

晋王曰：“世间有此烈女，沉埋于此，良可惜也！”敬思曰：“只一女子，也想中原繁华之地，不肯留此，何况你家大唐天下乎？”晋王曰：“汝言是也。”

又行不数里，只见一台，巍然高耸，势若接天。晋王曰：“此是何处？”敬思曰：“此汉李陵台也。”晋王曰：“为何在此？”敬思曰：“昔汉元帝遣李陵来直北赎苏武还朝，后在此处拔剑自刎。后人与他立下此台，以记其事。亦有诗为证：

旷野云低恨满怀，长安西望李陵台。
关河万里秋风起，黄叶一天鸿雁来。
持节还乡悲壮士，屈身降虏叹庸才。
贤愚千载春秋笔，懒上云楼酌酒杯。”

晋王曰：“汝自不曾到直北来，这直北的故事汝何识之？”敬思曰：“臣看《通鉴》，有何不识？”晋王曰：“吾只知精通兵法，熟谙韬略，以为能事，岂识此忠臣烈女之事乎？”敬思曰：“此皆先朝遗迹，特以记事，不足为羡，前面乃一苏武庙，真忠臣耳。”晋王曰：“何以见之？”敬思曰：“苏武亦是汉人，元帝遣来直北催逼进贡，被单于拘留，令降不屈。使苏武北海上牧羊，曰：‘羝羊生子，即放汝还。’武持汉节牧羊，啮雪餐毡，旌旄尽落，去十九年始得归汉。后夷人为之立庙，以旌忠烈。有诗为证：

漠漠平沙际北天，忠臣困此实堪怜。
餐毡啮雪终归汉，持节曾经十九年。”

第九回

# 克用箭服周德威

敬思与晋王在马上正议论几节故事，晋王大喜，叹曰：“公真博古通今之士也。”话毕催兵速行。过了苏武庙，将次居延川。行不数里，忽听山坡后一声炮响，金鼓齐鸣，旌旗蔽日，闪出一支兵来，约有三百余人。当先一员大将，拦住去路。看他是谁，怎生打扮？但见：

> 戴一顶吞龙头、撒青缨、珠闪烁烂银盔，披一副损枪尖、坏箭头、衬香锦黄金甲，穿一领绣牡丹、飞双凤、圈金线绛红袍，系一条称狼腰、宜虎体、嵌七宝麒麟带，着一双起三尖、海兽皮、倒云根虎尾靴，弯一张雀画面、龙角靶、紫鞚绣六钩弓，攒一壶皂雕翎、铁梨杆、透唐猊凿子箭，骑一匹负千斤、高八尺、能冲阵火龙驹。叱咤一声山岳动，轻施韬略鬼神惊。

晋王闻报，勒马向前观看，见他眉清目秀，气概雄奇，厉声问曰：“来将是谁？可通名姓！”那将答曰：“我乃镇南将军姓周名德威，表字镇远，朔州马邑人也。来者可留下金宝，放你过去。”晋王闻周德威，心中暗喜，随答曰：“吾乃直北沙陀李晋王克用是也，久闻人称红袍周德威，原来将军就是。你乃世之英雄，抱文武全才，何不弃邪归正，跟我同上中原，征灭黄巢，复取大唐天下，建立功勋，与汝同享富贵。著功勋于当世，留芳名于史册，胜在此绿林中落草，千载只一污名耳！”德威曰：“汝亦是反唐逆贼，逃居直北，安敢以此言激我！”晋王大怒，抡刀直取德威。德威挺枪来迎。两马相交，战上一百余回合不分胜败。德威暗思：“这老汉刀法不乱，精神倍加，待我假做破绽，诱他赶来，用箭射之。”又战数合，德威佯输诈败，虚晃一枪，拨马便走。晋王高声大喝：“小贼走那里去？”飞马赶下阵来。德威取弓在手，搭箭当弦，尽力射来，喝声：“老汉看箭！”原来克用眼看得更亲切，听得弓弦响处，其箭已接在手。

德威见箭射不中晋王，勒回马来大叫曰：“老汉！我料你会接箭，却不会射箭。”晋王曰：“吾射的是百步穿杨、倒挂针鱼之法，有名九支连珠箭. 岂似汝贼射此无名箭乎？”德威曰：“连珠箭何足为奇，汝能于三百步外，立一面红旗，旗角上挽着一根金簪，簪上挂一条马鞭，一箭射去，中金簪上，马鞭落地，吾便跟汝去洗巢矣！”克用暗思：“我今已老，眼目昏花，若射中金簪，名扬天下。倘若不中，却不将俺清名玷在居延川下？”正想之间，忽见空中一群皂雕飞翔，晋王心生一计，曰：“吾不射那死物，吾射那行中第二只飞雕下来你看。”德威曰：“死物尚不能够，安能射飞雕乎？果能如此，吾便下马投降。”晋王曰：“这是夷狄地界，射中一雕，你不下马，谁与你作证？”德威曰：“一言既出，驷马难追。岂食言乎？”遂向袋中取出一箭，折为两段，“汝若射中一雕，吾不下马，以此为令。”晋王心思：“凭吾手段，射中一雕亦未可知。”暗中祷祝上苍曰：“大唐皇帝有福德合收此人，一箭射中。”祷毕，即拽满雕弓，单射一箭。弓弦响处，雕早落地。宋贤有诗赞云：

克用英雄盖世骁，贯雕箭去彻云霄。
阵前不必千钧力，降服红袍将最高。

又有诗赞云：

一箭神威贯碧空，皂雕落地草梢红。
三军未上中原去，先建居延第一功。

晋王射落飞雕，众兵齐声喝彩。德威慌忙下马，纳头便拜。德威曰："大王神箭，古今罕有。臣愿从大王以充步卒！"晋王亦慌忙去了弓箭，下马扶起德威，抚曰："吾素知镇远忠义之士，深慕高名。今幸得相从，他日位列封侯，吾当大用。"随令差官取出空头宣一道，填写升德威为大唐议国左军师；金牌一面，填写军师字号。着即日参谋帷幄，运赞军机。德威顿首拜谢。扎了寨营。

是夜，晋王在帐内睡卧不安，秉烛观《孙子兵法》。自觉神思昏迷，伏几而卧。忽然梦见一只猛虎胁生两翅，飞入帐来。晋王惊惧，遂拔剑在手，望虎砍去。那虎侧身躲过，把晋王一爪扑翻，打折左臂。忽然惊觉，乃是南柯一梦，唬出一身冷汗。举目一观，帐中灯烛微明。披衣出营，只见月朗风清，正当夜半。晋王说："此梦不祥。先断我一臂，明日破巢，不知损折何将？且回帐中，待等天明与众将试解何如。"遂口占一绝：

醉睡昏昏心欲醒，那堪怪变使魂惊。
吉凶浑是无凭准，谁向山中鬼谷明。

次早升帐，急唤周德威入见。晋王细言惊梦，德威袖占一课，贺曰："此大吉之兆，主公收得一员上将。"晋王曰："有何应验？"德威曰："昔周文王梦二飞熊上殿，次日早朝，令众臣圆梦。众臣言，'此吉兆，可作急收拾打围，主在围场中得一飞熊将军。'文王大喜，遂布围场。到渭水河边，见一老者，直钩钓鱼，文王问曰：'弯钩钓鱼尚不可得，汝何直钩而取鱼哉？'老者曰：'大丈夫宁向直中取，不向曲中求。’文王知是贤士，遂问姓名。老者曰：‘吾姓姜名尚，道号飞熊，姜吕望是也。’文王便称为太公，请归朝内辅政。后文王殁，其子武王拜为军师，称为尚父。兴兵伐纣，诸侯不期而会者八百；戊午日，兵临孟津；甲子日，血浸朝歌，破了纣王；成周八百年天下，赖此人之功也。大王不信，有诗为证：

堤草青青渭水流，子牙向此独垂钩。
当时未入飞熊梦，已对斜阳叹白头。

文王之梦，其应如是。今大王这梦，必主收得一员上将。即日大王便可收拾打围。”程敬思曰：“军师课数有准，大王当从其说。”晋王从之，即准备鹰犬器械，带领太保四员、三千人马前去。程敬思、周德威一同上马，离了营寨，径到山中，布列围场。不知有应梦贤士否？逸狂诗曰：

晋王游猎网英雄，天意残唐数未终。
当日若无飞虎梦，破巢安得勇南公。

第十回

# 安敬思牧羊打虎

此时春间，天气和暖，鸟兽繁盛，草木森严。晋王游猎半日，并无一毫所得。晋王疑怪此事不定，遂引十数骑转过山坡，远望樵夫手敲柴担，口唱歌曰：

> 学采樵，学采樵，不曾砍得半个嫩柔条。临岩伐倒枯松树，不够家中半月烧。

晋王闻其歌叹曰："真乃樵夫之乐也。"遂遣人唤至而问之。樵夫曰："我素居此处，树木深丛，大小乱石，安能放鹰走马，射猎打围乎？"晋王曰："吾兵初至，不晓路径，汝为我指教之。"樵夫曰："请问大王有多少人马？"晋王曰："只带三千人马在此。"樵夫曰："大王便有三万人马，驰不尽那獐麂兔鹿。"晋王曰："何处如此？"樵夫曰："此去四十里，有一山名飞虎山灵求峪，山内所产禽兽极多，大王可往彼处取之。"晋王喜曰："吾夜来飞虎入梦，此有飞虎山，必主招贤人矣！"遂叫樵夫引路，勒马前行。

到了飞虎山，果然高山旷野，清景异常；幽禽怪兽，上下交鸣，晋王令军人布开围场。忽然起一阵狂风，飞沙走石，刮地遮天，倏尔不见樵夫。晋王大惊，唤德威问之。德威曰："此虎兕出没之乡，故有此风。"晋王曰："风乃天地呼吸之气，何因彼而发乎？"德威曰："云从龙而风从虎，雨润田园万物生。龙吟则雾起，乃壬癸云雨之方；虎啸则风生，戊己为巽宫之地。龙出海，登时雨至；虎离山，蓦然风生。此必然之理也。"言未绝，只见山坡中忽然跃出一只斑斓猛虎，如水牛一般，在草坡中咆哮大叫。众人视之，惊得神魂不定，各欲逃生。晋王大叫："吾儿嗣昭、嗣源急来救我！"此时，二人逃命亦不知走向那里去了。晋王慌自取弓在手，搭箭当弦，往虎便射一箭，正中夹膀，其虎负痛，遂掩尾低头而走。晋王后面追赶，比及已到涧边，其虎踊身跳过，立在对岸，惊起群羊，即咬一只食之。德威曰："大王赶虎过涧，噬人食羊，何损人利己也？"晋王曰："食羊小事也，只怕还噬那石上打睡的人，作何计较？急惊醒之，令其逃走。"晋王又曰："何不厉声呼之？"于是令军士在对岸一起叫喊，其人全然不动。原来风吹树响，涧水潺潺，其人熟睡，两耳无闻，正在做梦。忽有一羊窜过，惊醒其人，跳将起来，把眼一揉，见虎正在食羊，其人遂跳下漫汉石，脱了羊皮袄，伸手舒拳，要来打虎。那虎见人欲来打它，便弃了羊，向对面扑来。其人躲过，只扑一个空，便倒在地，似一锦袋之状。其人赶上，用手挝住虎项，左胁下便打，右胁下便踢，那消数拳，其虎已死于地下。有古风一篇，单道飞虎山存孝打虎：

飞虎山前风正狂，万里阴云霾日光。触目晚霞挂林薮，侵人冷雾弥穹苍。忽闻一声霹雳响，山腰飞出兽中王。昂头踊跃逞牙爪，麋鹿之牲皆奔忙。牧羊壮士睡未醒，一羊窜过忙相迎。上下寻人虎饥渴，一掀一扑何狰狞。虎来扑人似山倒，人往迎虎如岩倾。臂腕落时坠飞炮，爪牙爬起成泥坑。拳头脚尖如雨点，淋漓两手腥红染。腥风血雨满松林，散乱毛须坠山崦。近看千钧势有余，远观八面威风敛。身横野草锦斑销，系闭双睛光不闪。

后人又有诗一绝云：

炯炯金睛耀太阳，食羊惊醒石儿郎。
伸拳小试平生力，打死山中猛兽王。

又诗赞存孝一绝云：

年少英雄不可当，数拳打死兽中王。
不为跨海黄金柱，定做擎天碧玉梁。

其人低头看之，虎尾摇动，尚然不死，遂挽起虎尾，向石上摔了下来。对岸军人，尽皆看得痴呆。晋王大惊曰："此六甲神将也，有此勇力！吾若得此人为用，何愁黄巢不灭，长安不复哉？"德威曰："臣算卦来，正应此人。吾有一歌呈与大王观看。"晋王问曰："此课何日占来？"德威曰："吾未遇大王之先，在营中已卜下此卦，断成歌句，留为今日应验。"歌曰：

李晋王聚屯演武，雁门关士民受苦。
居延川箭射双雕，翠岩前壮士打虎。

又有诗曰：

无事闲将八卦排，唐朝合显栋梁材。
收除尚让先锋至，诛戮黄巢猛将来。"

晋王曰："果应如斯！"急令众军士隔涧厉声大叫，以言激之。众军士佯言曰："吾大王家养的虎随来游猎，汝何打死？"其人曰："既是你家养虎，安许来食我羊，全身在此，只少这一口气，你还我羊！吾还你虎矣！"随即提起虎来，往对涧只一撩，撩过涧来。众皆惊骇。

晋王令军士提之，无一动者。德威曰：“此人天生好汉，汝等众人安能及之？”晋王令嗣源抄过涧去唤至。

须臾，其人已到，拜伏于地。晋王问曰：“汝何人氏？”其人曰：“俺一生有母无父，因无姓氏。”晋王曰：“人禀天地按阴阳二气而生，安有有母而无父之理？”其人曰：“只闻吾母崔氏之女，年方二八，并未许配他人。时值艳阳天气，同班姊妹请母出游灵求峪，一来彩野菜，二来游春玩景。行至皇陵，两旁列着八个石人，众姊妹相戏曰：‘我等皆已适人，汝已及笄，尚未偕偶，今吾众人为汝保一丈夫可乎？’母曰：‘可，但不知保着何人？’众曰：‘将此石人与你为夫，任你自择。’母曰：‘烈女不择夫，择夫不烈女。’便将手持菜篮丢去，随石自接，结为夫妻。不想左边第二石人脖子上挂住篮儿，吾母向前抱之呼曰：‘石人石人排行第二，汝为丈夫，吾心无异。’言罢各散，同众而归。当夜二更，左侧分明是石人，容貌了然，来与吾母成其夫妇，母遂怀孕。员外觉之，究问吾母与何人交媾，母以实告之。员外不信，遂逐吾母出外，后在破窑过活生吾。七岁沿门乞食，行至那坟边，见石人皆被推倒，头也打落了。吾母教去捧头来安上，复旧如初，不差毫忽。母言安头为姓，遂取名安敬思。言罢大哭一场，回家自缢身死。我就将母尸与石人葬埋一处。我孤身无倚，今投邓万户家牧羊十年，人只叫吾为牧羊子也。”

晋王曰：“吾看汝气力尽有，不知武艺如何？意欲用汝，未见虚实。”安敬思曰：“实不敢瞒，俺曾至铁笼山得遇异人，传授三卷六甲兵书，教习一十八般武艺，亦皆演习，并无虚发，但无进用之处，暂屈于此耳。”晋王曰：“既有此等武略，吾今领兵上中原讨贼，带汝同去若何？”敬思曰：“若蒙任用，谨从严命。”遂遣人唤邓万户至。晋王曰：“汝认得此人否？”万户曰：“是民家牧羊的安敬思也。”晋王诈言曰：“汝何敢行诈耶？此乃吾世子，只因年荒国乱，抛在山中，累寻不见。今日跟究到此，父子相见，痛情难舍，吾欲领上中原讨巢贼，留下金帛以为恩养谢仪。”万户曰：“小民颇有家资，安敢受此？先见世子骁勇无敌，量必成器，曾以小女瑞云许之。既大王领兵讨贼，为朝廷出力，若有用处，即当奉还，吾之小女，少待送来。”万户言罢，辞别而去。去不多时，已送瑞云来在帐外。晋王令人接入后帐，与刘妃同居。晋王领兵还营，未知如何，且听下回分解。后逸狂有诗赞云：

飞虎山前虎啸风，灵求峪内遇英雄。
石人是父膺天眷，窑内为家处世穷。
武艺异传人罕及，安头取姓俗无同。
晋王恢复唐天下，先识将军草莽中。

第十一回

# 李晋王阅兵试箭

却说晋王既得了安敬思，不胜大喜。当日遂将打死的虎令良匠割头为盔，剥皮为袍，脚皮为靴。又令铁匠打造毕燕村、猜猊铠甲、浑铁槊一起完备，赐敬思全身披挂。晋王曰："安敬思你会骑马否？"敬思曰："我自来不会骑马，今愿试之。"晋王命将校选几匹好马到帐前来，敬思用手一按，那马扑地而倒，一连按倒数匹好马。周德威曰："勇将必须雄马，临阵成得大事。"晋王曰："我在直北四十年，只讨得一匹好马，名唤千里浑，快牵来与他骑。"敬思仍将马一按，那马亦倒地。晋王曰："如用此为将，甚与他骑？想起来，西凉州进我一匹好马在那里？"嗣源应曰："在后营，用两条铁索系在桩上，四蹄俱是铁索绊定，人不敢近。"晋王曰："快将铁索解去，牵来与敬思自去降伏。"敬思欣然提着毕燕村、浑铁槊，到后营一觑，那马望敬思大吼，扑将起来。敬思侧身一躲，左手村过鬃鬣，翻身跳上，跑出营前。此马久不骑人，驮得敬思漫坡越岭，一径飞跑去了。

晋王拍案大惊，谓周德威曰："你说勇将须要好马，今恐丧其命。"言未毕，只见敬思跨马如飞，从山坡后跑将出来。晋王看见人马无恙，大喜曰："这马中用否？"敬思曰："马便好，只是有些腰软，将就骑着吧！”晋王即命约束披挂，立在帐前，果是英雄。晋王看十分欢喜，乃曰：“吾有十二太保，皆吾恩养，虽亲疏不同，胜如一体。今升汝做十三太保，改名李存孝，称号飞虎大将军，使薛铁山、贺黑虎二人为汝副将，听受约束，随带飞虎兵三千，克日起程。”存孝拜谢，遂以父王呼之。当日晋王回入帐中，令萧、刘二妃送邓瑞云去与存孝成其夫妇。二人行婚礼毕，即设合卺喜筵庆贺，不在话下。后人因晋王推心用人，有诗赞曰：

古云良将至难求，英雄谁不觅封侯。
晋王只为推心腹，赢得勋名到白头。

叹存孝一绝云：

石父昂昂岂化胎，天生勇汉做良材。
牧羊卧处谁曾问，一旦声名遍九垓。

后人又赞一绝云：

翠岩曲涧水潺潺，猛将连年屈此间。
若非梦兆先垂报，谁向岩前望远山。

却说晋王次日升帐，文武恭贺。礼毕，存孝谢曰：“蒙父王视以至亲，儿乞为先锋。”晋王乃壮其志，即取印予之。周德威曰：“不可。大王部下有五百家将、十二太保，便将此印予存孝挂，诚恐人议论大王有弃旧迎新之意。”晋王曰：“汝何主意？”德威曰：“可令众人与存孝同到营前比箭，分其胜负，如射得三箭中红心者，予以先锋印，方可以掩众口。”晋王曰：“汝言有理。”

是日，晋王戴冲天冠，穿衮龙袍，玉带珠履，正中而坐。诸将侍立左右。晋王令诸将比试弓箭，定下先锋。将红锦战袍一领挂于垂杨之上，又设一箭垛离百步为界。众将分为两队，十三太保穿红，五百家将穿绿，各带雕弓长箭，跨鞍立马，听候指挥。晋王传令曰："如有射得三箭中红心者，鸣金击鼓以应之，即将红袍赏赐，随令挂先锋印。"晋王叫诸将先射，言未竟声，红袍队中一将骤马持弓而出，众视之，乃是太保康君立，把马飞纵来往三遭，搭上箭，扣满弓，放射一箭。其箭未及射到红心上面已自落地，金鼓寂然。晋王大怒曰："一箭犹然不中，安敢望挂先锋印乎？"喝令推出君立斩之。德威慌忙跪下告曰："未曾出军，岂先斩家将乎？恐于军不利，权记过，后去将功赎罪。"晋王曰："既如此，难以全免。"随令拿下重打四十皮鞭。晋王怒气略息，康君立羞惭满面而退。是此康君立积恨于怀，每日生嫉妒，有害存孝之意。

晋王叫众将来试，只见绿袍队中一将奋武而出，众视之，乃副将夏日新也，遂骤马持弓看垛一遭，第二番一箭正中红心，金鼓齐鸣。日新呼曰："快取袍印过来。"晋王曰："只此一箭，未足以当此职。"红袍队中一将飞马出曰："看我射来，显汝二人手段。"拽满雕弓，连射三箭，只有一箭中红心，众皆喝彩，乃四太保李存信也。存信曰："吾中一箭，不得此袍，合得先锋印。"晋王曰："吾有言在先，汝何犯令耶？"存信默默无言。红袍队中一将出曰："你二人射中红心，岂足为奇？看我连射三箭来！"乃大太保李嗣源也，飞马翻身，背射三箭，二中红心。嗣源曰："吾翻身背射，中却二箭，合得此印与袍。"言未绝，红袍队中一将飞马出曰："汝翻身背射岂足为奇？看我射红心。"但见那人：

虎皮磕脑豹皮裩，衬甲衣笼细织金。
手内燕柎光闪闪，腰间利剑冷森森。

又有诗云：

蜀锦鞍鞯宝镫光，五明骏马玉叮当。
虎筋弦扣雕弓硬，燕尾梢攒箭羽长。
红锦袍明金孔雀，绿鞓带束紫鸳鸯。
参差半露黄金甲，手执银丝铁杆枪。

其人乃李存孝也，骤马到界口，扭回身连射三箭，皆中红心，众人喝彩。存孝厉声大呼曰：“吾今三箭，皆中红心，先锋定矣。看我单取锦袍，以示英雄。”拈弓搭箭径往柳梢射之，一箭射断柳梢，锦袍坠下。存孝飞马取锦袍披于身上，往来驰骤一遭，下马至晋王面前拜谢。晋王遂令存孝为先锋，设酒相庆。

忽报辕门外有一支兵来索战，存孝曰：“父王且留杯中酒，待儿去拿一将来才饮。”言毕飞身上马，出营大叫：“来将何人？”二人答曰：“飞虎山大将安休休、薛阿檀是也。”存孝更不答话，拍马向前，二将一起迎敌，被存孝大喝一声，把二将活擒过来。勒马回营，其时酒尚未寒。晋王大喜，即使二将归存孝帐下。存孝与之结为兄弟，折箭为盟，永相救援。

却说晋王因收了存孝，在居延川上住了一月，军情紧急，不敢久停。晋王传令，拔寨起程。一声炮响，大队军马离了飞虎山，往中原进发。日行夜宿，不觉已到大潼城。哨马报说，大潼镇守官李友金领众迎接。晋王入城，吩咐军马安下。

友金至府相见。各叙礼毕，友金称晋王为皇兄，晋王呼友金为御弟。友金大设筵席，款待晋王及诸将官。酒至二巡，友金起身谓晋王曰：“皇兄上长安，乞带小弟领本部人马一同去破巢如何？”晋王曰：“朝廷曾有旨取你否？”友金曰：“并无。”晋王曰：“既无圣旨，吾岂敢擅自带你去？”友金曰：“吾既不去，愿令大将两员领军二万，相助皇兄可否？”晋王允诺，问二将是谁？友金曰：“一名史敬思，一名郭景遂。”令见王叩头。晋王辞别友金，传令催军趱行，往河中府进发。

行不二日，哨马报说，前近石岭关。晋王传令安营歇息，准备次日打关。有诗题石岭关曰：

一派巉岩万仞山，天然险峻建雄关。
俯观平地抑何远，仰望云霄去不难。
神马驱驰须按步，雁鸿飞度怕重还。
由来多少英雄汉，到此应叫胆战寒。

第十二回

# 存孝打破石岭关

却说把关将乃并州人氏，姓郑名存当。其弟名存惠，守函谷城。二人骁勇，是黄巢贼党拨来守关。哨马报告晋王人马到来，存当使存惠引军一万，离函谷城前来布阵于野。晋王遣薛阿檀先引马军一万五千，浩浩荡荡塞野而来。存惠出马，与薛阿檀打话。阿檀使宝刀一口，与存惠战，存惠大败而走。背后赶来李存孝、安休休，踏平村落，围住函谷。存惠上城守护。

原来函谷城郭坚固，濠堑深险，连围七日攻打不下。薛阿檀进计与李存孝曰："城中无水少柴，古语有云，民非水火不生活，连围七日，军民已慌，不如暂且收军，如此如此，唾手可得。"存孝曰："此计甚妙。"即时告于晋王，着令字旗传言诸将，尽皆退军。当晚，存孝断后，各部兵渐渐撤退。存惠此时于城上观看军兵退了，恐有计策，只开西门令人哨探，果然去远，才令军民出城打柴取水，只限三日。众皆惧唐军再来，多打柴薪入城，乱乱纷纷出入，难以盘诘。第三日，人报晋王人马又到，军民竞奔入城，存惠领兵上城守护，存当自引本部将各门提调。守至三更，忽见城门里一把火起，存当急来救时，城边转过一人，手持大刀斩存当于马下。随后十余骑勇士杀散军士，斩开门锁，放存孝军马入城。存惠从东门弃城而走，存孝、安休休却得了此城，遂重赏各军。原来是薛阿檀献的计，故意退军，却扮作打柴军人，杂在百姓伙内，挑柴入城，当夜里应外合。

却说郑存惠退守石岭关，遣飞报急奔长安，奏知失了函谷等情。黄巢闻奏此事，遂唤大将柳彦璋、齐克让带一万人马替存惠守石岭关。

奉命驱军往帝都，那堪厄想险实难图。
将军不是英雄汉，安得崔嵬作坦途。

存孝随即遣将迎晋王上关，停兵歇马。却说晋王正在营中惶惑，忽报存孝遣一将来迎大王上关，晋王大喜，传下号令，人马一起上关。程敬思曰："此去河中不远，河中是长安的后门，朝廷金牌调取二十八镇诸侯会兵彼处，久等大王兵到协力破巢，不可久停，宜速进兵。"于是晋王传令，即日拔寨会齐起程，往河中进发。未知若何，且听下回分解。

逸狂诗曰：

函谷关连石岭关，英雄打破未为难。
河中各镇诸侯会，共灭黄巢旦夕间。

第十三回

# 李晋王河中会兵

却说晋王领大兵离了石岭关，投河中府来。人马正行，忽报前面尘埃起处，金鼓齐鸣，一彪人马到来。众视之，乃各镇诸侯迎接晋王。晋王一马当先，众诸侯滚鞍下马，拜于道左，告言接迟，望恕众臣之罪。晋王曰:“大唐许多诸侯，人马尽有，不能保驾，使圣上远奔，失其社稷，此何理也?”众诸侯曰:“臣等皆怀报国之心，争奈巢贼部下骁勇极多，因此众人措手不及，致有此失。”晋王曰:“吾想高祖太宗太原起义之时，六十四处烟尘，一十八处擅改年号，苦争血战，创立三百年大唐天下，如此英雄。今子孙如此懦弱，被巢贼侵夺如此，何也?”众诸侯曰:“此天之历数有泰有否，时势不同。”晋王令众诸侯呈献姓名封号，并各镇守地方，于是众诸侯次第呈进。

第一镇　簪缨世代阀阅名家函国公袁　容
第二镇　门迎珠履名重丘山晋国公王　铎
第三镇　沉默寡言声名著见荆西节度使王　元
第四镇　文学素著师表一代泾原节度使程宗楚
第五镇　聪明特达议论风生秦州节度使仇公遇
第六镇　沉毅质恪武艺超群寰州节度使童弘真

第七镇　德行纯备节操过人同台节度使岳彦真
第八镇　轻财仗义政尚清肃华州节度使韩　鉴
第九镇　交游豪杰结纳英雄曹州节度使曹　顺
第十镇　学识过人高尚志节兖州节度使周　顺
第十一镇　阔谈高博古知今郓州节度使赫连铎
第十二镇　贯通诸子博览九经河中节度使王重荣
第十三镇　孝弟仁慈虚己待士幽州节度使马三铁
第十四镇　仗义待人挥金似土定州节度使王景宗
第十五镇　仪容丑陋膂力绝伦汴梁节度使朱全忠
第十六镇　赈穷救急志大心高徐州节度使支　祥
第十七镇　有谋多智善武能文景州节度使周太初
第十八镇　惠及诸人聪明有学平州节度使全忠王用之
第十九镇　忠直元亮秀士文华寿州节度使张仲仁
第二十镇　仁义君子德厚温良莱州节度使马君武
第二十一镇　威镇羌胡名闻华夏陈州节度使刘从吉
第二十二镇　声如巨钟丰姿英伟孟州节度使朱合爽
第二十三镇　随机应变临事勇为朔州节度使唐大弘
第二十四镇　英勇冠世刚勇绝伦邠州节度使朱　文
第二十五镇　先哲流裔好客礼宾鄜州节度使杨思恭
第二十六镇　文救唐代名重当朝青州节度使王敬武
第二十七镇　精通韬略善晓兵机于州节度使王守存
第二十八镇　沉默寡言孝行著闻覃州节度使邵升昌

诸路军马多寡不等，共计二十三万。晋王番汉人马，独有五十余万，济济彬彬势压诸镇。

却说河中府有两座楼，一座名鸦馆楼，一座名观鹤楼。时众诸侯拜见已毕，宰牛杀马祭天，歃血临盆，请晋王上鸦馆楼饮宴，商议进兵之策。晋王登楼观看有感，遂作一诗：

斗拱巍巍接画梁，俯临今古争战场，
干戈飒飒排铜壁，鼓角声声彻上苍。

夜挂一轮明月白，山横一带阵云黄。
凭栏翘首长吁气，泪洒西风望故乡。

众诸侯素知晋王善饮，觥筹交错，相劝不息。筵前排列珍馐甚是整齐，但见：

打抹亭台桌椅，安排珍馔华筵。左列妆花白玉瓶，右摆珊瑚玛瑙器。进酒佳人双洛浦，添香美女两婵娟。喷香瑞兽金三尺，舞袖娇娥玉一团。排开果品般般异，进上筵前件件奇。尽人间之馐味，竭世上之果肴。玉液琼浆夸紫府，龙肝凤脑赛瑶宫。

却说晋王终日饮酒，一连停了十日，全然不思进兵。正值汴梁节度使朱温心怀不忿，径至袁容帐下谓容曰："朝廷有旨，遣此老汉率兵洗荡黄巢，恢复大唐天下。今到了旬日，又不整理军情，只顾醒而复醉，醉而复醒。如此饮酒，况手下将士皆要赏赐，此事吾实恶之。"袁容急掩其口曰："足下勿言，晋王若知，数日款待之情都已失了。"朱温曰："大丈夫生于天地之间，当烈烈轰轰直言譈论，安可掩耳偷铃哉？"容曰："晋王势大，众诸侯无不钦仰，某居下位，安敢开口？"温曰："似此不言，迟滞不进，何日得见太平？你看俺说来！"抽身便起，随上鸦馆楼去。

却说晋王在楼上正在举杯饮酒，忽见一人奔上楼来，径到面前，击桌大呼曰："大王十分为人，终日饮酒，醉亦不止，忘了大唐天下被黄巢所夺耶？"晋王视之，其人身长一丈，膀阔三停，脸如噀血，须若金针，耳犹两翼，蓝发狼牙。晋王吃了一惊，遂问："丑汉何名？"温曰："臣姓朱名温，更名全忠，现任汴梁节度使之职。"晋王曰："汝何等人，敢称此名，如此无礼。全忠乃人王中心四字，除是圣上可称，汝何犯上？"温曰："此是圣上所赐御名，非臣自取。臣闻大王之名亦有三四。"晋王曰："吾有何名？"温曰："大王初讳克用，次号鸦儿，三曰碧眼鹏，四曰独眼龙，此显名，反责人犯上乎？”晋王大怒曰：“吾之名字安敢讳言！”随即拔剑直砍朱温。温侧身躲过，抡刀大呼曰：“汝使剑，偏我不会用刀？”便欲交锋。一人攀住臂膊，一人跪于晋王面前。未知如何，且听下回分解。逸狂诗云：

鸦馆楼中醉复醒，经旬未见理军情。
直言声谏生嗔怒，惹得诸侯抱不平。

第十四回

# 鸦馆楼朱温赌带

却说众诸侯都来架着二人刀剑，跪于面前曰："未曾讨贼先杀自家，恐于军不利。"诸侯力劝，二人怒气方息。温插剑归鞘，进曰："非臣敢来杀君，实知外人议论大王昏迷酒色，不理军情。臣听得此语，心怀不忿，故来相激耳！"晋王曰："吾亦知之。"

正论间，忽报黄巢驾下前部将孟绝海引兵来到。众诸侯听得，各皆惊疑，只有朱温暗喜：若是孟绝海的兵到，把这老贼哄出去试刀。朱温近前大叫曰："如今孟绝海的兵到，请大王先出去见头阵。"晋王怒曰："朱温你这厮十分无礼。朝廷有旨，与我领辖天下诸侯，何用你多言！不是吾开大口，明日破黄巢，亦不用你众诸侯。你下楼去，在吾那五百家将、十三太保内，不要拣吾的好汉，只拣一个瘦弱不堪的出去擒那孟绝海来，吾面问巢贼的消息。"朱温说："大王不知孟绝海手段，臣且说与大王知之。这人是岭南人氏，与黄巢起手，夺唐东西二京，斩将三百八十余员。但到阵前，谁敢与他比手？真个英雄无敌。"晋王说："不必夸他，只消拣一个瘦弱的出去便了。"

朱温急下楼来，看那五百家将，好似西天会下黑杀神，灵霄殿上游奕士。看那十三太保，都是上山打虎敲牙将，入海擒龙拔角夫。李嗣源、李嗣昭、李存勖、李存直、李存江、李存海、李存龙、李存虎、李存豹、李存受、康君立、李存信，只有十二太保。朱温问嗣源曰："你父说有十三太保，今缘何只有十二个？"李嗣源曰："那城墙下折枪竿上打盹的，就是第十三个太保，飞虎将军李存孝。"朱温向前一看，大笑曰："存孝身不满七尺，骨瘦如柴，他也是太保？就捺他出去吧。"说罢便把存孝的头摇了一摇，叫声："胡虏，你父有令。"存孝听得叫声"胡虏"，心中大怒，一手挝过，举起就摔。朱温鼻口皆流鲜血，大叫"太保饶命！"晋王在楼上看见叫道"不可。"存孝听得晋王叫唤即止，曰："造化了你，若非父王阻止，就把你捻成肉泥也。"遂放下朱温与他上楼。

晋王心中暗喜，对存孝云："朱温是个诸侯，如何与他玩耍？"存孝说："不是儿与他玩耍，他叫儿是胡虏。"晋王最恼人叫"胡虏"二字，朱温说："臣知罪了。"晋王命存孝活捉孟绝海来，"吾要问他个军数。"朱温说："这一个病汉若活捉得孟绝海来，臣与存孝赌。"晋王说："赌什么？"朱温说："存孝若拿得孟绝海，俺情愿把腰间玉带输与他。"存孝说："儿若拿不得孟绝海，儿就把这颗头割与朱温。"晋王说："你两个要赌，必须要两个保官。"只见函国公袁容向前说："臣保存孝。"节度使王重荣向前说："臣保朱温。"

言毕，存孝下楼，披挂上马，径出河中府去索战。嗣源看见，带马问曰："兄弟，单骑欲往何处？"存孝曰："去活擒孟绝海。"嗣源曰："怎不带一支兵去？"存孝曰："父王钧旨安敢有违？迟归尚欲加罪。"嗣源曰："既然如此，尔须用心前去，但闻孟绝海亦是勇悍之人，可宜仔细。"存孝连声应诺，即出阵前大喝曰："来将速降，免污吾刀剑。"孟绝海大怒，正欲出战，左胁下闪出一员副将彭白虎曰："此人是李克用手下一头目，待小将活擒过来祭旗。"随即绰枪骤马直出。

存孝曰："来将通名。"彭白虎曰："尔乃何人？"存孝曰："吾是晋王世子十三太保飞虎将军李存孝。”彭白虎曰：“吾乃大齐王驾下前部大将军孟……”存孝听得说出孟字，更不俟其说完，便撇开枪，展猿臂，活捉彭白虎过马来。径进河中府见了晋王曰：“儿拿得孟绝海来了。”众诸侯尽皆惊异。白虎曰：“我不是孟绝海，我是大将彭白虎。”晋王大怒曰：“叫你拿孟绝海来，如何拿了彭白虎来？”存孝说：“他在阵上说是孟绝海，那里说是彭白虎？”晋王叫：“重去拿那贼来，我问他。”彭白虎曰：“小人看见许多英雄，从不曾见这样好汉。我只说是黄巢部将，刚说出一个孟字，不知怎的就拿我过马来。”晋王说：“你这个急喉咙的贼。”喝令刀斧手去斩了。随后问阴阳生是什么时候，阴阳生答云巳时了。晋王吩咐存孝：“限你午时牌就要拿到孟绝海。”存孝曰：“奈儿不识孟绝海面貌，寻个做眼的人同去。”晋王曰：“这个使得。”即问众诸侯认得孟绝海么？言罢，华州节度使韩鉴进曰：“臣与孟绝海同郡，却认得他。”晋王说：“你就与存孝同去做眼。”

二人下楼上马，径出河中府搦战。孟绝海正恼，有人报请战，绝海未应，闪出班翻浪向前道：“小将不才，愿出一阵。”绝海大喜，即令披挂上马，领兵出营。一马当先，大叫：“来将是谁？”存孝曰：“吾是李晋王第十三太保飞虎将军李存孝，你是何人？”班翻浪曰：“吾乃黄巢驾下孟绝海的部将，班翻浪是也。”存孝说：“吾要拿孟绝海，要你这小卒出来何用？”翻浪心恼，横枪就刺，被存孝举起毕燕枻打得脑浆迸出，死于马下，曲木子有诗为证：

英雄存孝世无双，匹马威风不可当。
展臂生擒彭白虎，又捶翻浪立时亡。

第十五回

# 存孝生擒孟绝海

却说存孝下马，取了首级，又来搦战。巢兵报说："班翻浪被他毕燕挝打死了。"孟绝海叫声："气煞我也！"绰刀上马，领兵布阵。怎生打扮：

金甲金盔耀日高，大红袍织大鹏雕。
身骑千里追风马，手执三停偃月刀。

韩鉴叫曰："太保，那穿大红袍使偃月刀的，便是孟绝每。"存孝大叫："韩大人先回，少待就擒孟绝海来见。"韩鉴去了。却说孟绝海跃马出阵，高声问曰："来将是谁？"存孝曰："吾是大唐飞虎将军李存孝。"孟绝海见李存孝身不满七尺，脸如病夫，骨瘦如柴，为何两个好汉却死于这人之手？存孝对孟绝海曰："我座下马肚带悬了些，吾要下马来扣备，不要放冷骑。"孟绝海曰："我若放冷箭射死你，不为好汉。你快备马，我等着你。"存孝下马来自思：父王限我午牌时分，不可迟误。把马肚带扣备了，翻身上马，叫绝海下马受死。绝海大怒，两手抡刀砍来，被存孝逼开刀，喝声："贼，往那里去？"展猿臂活拿上马。孟绝海部下败军无主，逃上黄河投总兵葛从周去了。曲木子有诗赞曰：

展臂生擒绝海来，怀中似抱小婴孩。
阵前借问时过未？报道方才挂午牌。

却说存孝把孟绝海横担在马上，七窍中鲜血喷出，拿进河中府来。晋王问是什么时候，阴阳生答报是午时正三刻。晋王叫拿上楼来，存孝即拿上楼放下。晋王看见是个不死不活的，急唤存孝问曰："我着你活捉孟绝海来，怎拿一个不死不活的人来？"存孝答曰："他在阵上被儿拿过马来，如虎狼一般，他要挣下马去，被儿只一夹，就不知夹伤那里？"晋王命朱温验伤，朱温向前把袍甲开看，说："两边胁骨都夹折了。"

晋王叫朱温把玉带与存孝，朱温说："这带是僖宗爷爷赐的，今日输了此带，有何面目见朝廷？别输些金宝吧。"晋王大怒，叫存孝夺了玉带。存孝向前把玉带只一扭，扭做两段。朱温羞耻，即下楼来，领本部人马，反出河中府去了。左右慌报晋王说："朱温反了。"晋王大笑曰："谅这贼疥癣之疾，何足介意。"逸狂有诗赞叹云：

谗臣赌带藐英雄，擒将来时日正中。
金宝更偿言不践，令传扭夺辱难容。
彼时反出违追策，异日谁当不轨锋？
可笑晋王无远虑，终身想仗勇南公。

第十六回

# 德威力救李存孝

话说晋王遣人打听，黄巢差总管葛从周领兵四十八万，在黄河西岸安营。晋王即令起营，四十五万番汉兵，二十七镇诸侯人马，径近黄河。周德威曰：“大王人马在东岸安营，遣兵过黄河交战。”晋王说：“周德威与李存孝领五百锦衣人，保吾看黄河一遭。”众军得令，不移时，即到黄河岸边。晋王举目看那黄河，水势凶恶。有诗为证：

遥望黄河浑渺茫，昆仑气脉发来长。
古言斯水从天降，巨浪洪涛过太行。

逸狂诗云：

忆昔鸿蒙判，昆仑是祖山。
黄河源发远，万里涌狂澜。
七井三门险，通淮入海难。
澄清何日见，贤圣产其间。

晋王看了黄河，回营坐下，即令李嗣源、康君立、李从信：“与你四路诸侯——王重荣、韩鉴、曹顺、周顺，率兵一万，过黄河与巢贼对面南首安营，轮流出马。”又叫存孝：“你同安休休、薛阿檀、薛铁山、贺黑虎领一万人马，过黄河与巢贼对面北首安营，轮流出马”。众将领令，统兵过黄河来。

却说哨马报与葛从周曰：“今有李晋王手下第十三太保李存孝生擒彭白虎，打死班翻浪，活捉孟绝海，杀败人马，特来飞报。”葛从周听说大惊道：“这三个好汉死了，天下难保。”下面闪出耿彪，向前高叫总兵曰：“将在谋而不在勇，兵在精而不在多。明日下官出马，若要活存孝就生擒来，若要死存孝就斩头来。”葛从周喝曰：“孟绝海那三个好汉岂不如你，却被他杀了，何况你乎？”又一人身长丈五，膀阔三停，却是五军都救应邓天王大叫曰：“末将有一计，可成大功。”从周问是何计？邓天王说：“是犯将计，借刀杀人。南边是李嗣源营，北面是李存孝营，今夜三更时分，末将假装存孝兵反，口称：‘我是十三太保李存孝。今父王用人不当，有功不赏，我今反了。’头目听说反了存孝，谁敢出来？必定都过黄河报与晋王，晋王必定自来拿存孝杀了。营中没了存孝，就有雄兵百万、战将千员，吾不惧矣！”从周说：“此计甚妙。”

邓天王即整点人马，等到天晚将近三更，领兵到李嗣源营前就杀进去。一声炮响，打开了营，一边杀人，一边叫造反。众将听说反了存孝，都驾船乘夜走过黄河去了。却说北首下存孝营听知，问是那里锣声响。人说是巢贼的兵劫了大哥的营，存孝说：“不要妄动，等到天明，讨这劫营的贼来雪恨吧。”

却说邓天王整杀了半夜，领人马竟回本营来见葛从周。从周问曰：“劫营之事何如？”邓天王答曰：“全中我计了！”从周大喜，“这是你的头功。”邓天王说：“今营中缺少粮草，小将就领人马去华州催运粮草来，以救燃眉之急，不知总兵意下何如？”从周说：“如此甚好。”邓天王恐存孝来寻他，故说催粮以便脱身。

却说存孝等待天明，领兵南首下去看那大哥，被巢兵杀得尸横岸口，血染河流。存孝痛哭，与四将商议："你们守营，我过黄河见父王禀命一遭，却回来拿这贼也未迟。"

却说晋王升帐，只见大太保哭进营来，晋王惊问嗣源，嗣源把存孝劫营造反事情细说一遍。晋王问他怎的反。旁边闪出两个仇人康君立、李从信，向前告曰："夜来暗影里只见虎磕盔、虎皮袍、搪猊铠、毕燕挝、浑铁槊，一边里杀，一边里骂，说父王用人不当，有功不赏，无功不罚。"晋王听言大怒。正当此时，守营将报云："存孝下马等令。"晋王说："他既反了，却怎又来见我？"二人说："这贼只说父王不知，他此来又要将老营兵赚过河去。父王只问他知罪不知罪，他若答应知罪，父王可就令人拿去杀了，除此一害。"晋王道："这件事是个两头不相照的事。"晋王命存孝进营，遂问存孝知罪吗？此时存孝不知是那个知罪，想是南首下贼将劫了大太保的营，我兵未曾接应救护，敢是这个'知罪'，便答道："儿知罪了。"晋王就叫刀斧手拿存孝去斩。存信、君立听说斩存孝，喜不自胜。逸狂有诗云：

犯将谋成谗复戕，朦胧险误杀忠良。
德威力救方能免，赢得芳名万载扬。

却说周德威跪下说："大王不可因一时之怒，而杀自家大将。今存孝反与不反，你也拿来问个明白，那时杀也不迟。"晋王默思良久，答曰："军师之言有理。"就叫拿回存孝。晋王问曰："汝如何忘恩负义，私自造反？"存孝告曰："儿受父王厚恩，欲报未能，怎肯造反？"晋王曰："你既不反，如何说知罪？"存孝说："父王问儿'知罪'，儿因逆贼劫了大哥的营，儿不曾领兵救应，是这个'知罪'。"德威曰："大王险些中了此贼的犯将计，且把存孝囚在营中，大王差一个得当军人，到贼营前打听个消息，便知真假。"晋王听说，即令李嗣源领兵过了黄河，径去巢兵营前索战。

军士报葛从周曰："如今唐兵在营前索战。"葛从周曰："何将愿去对阵？"言未绝声，闪出大将耿彪，叫曰："小将愿去。"出马披挂，即特向阵前问曰："来将是谁？"嗣源说："吾是大唐李晋王世子大太保李嗣源。你是谁人，敢来与我对阵？"耿彪答曰："吾是大齐皇帝驾前大将耿彪。"李嗣源问耿彪曰："不知你军中那个贼定下这犯将计来，我父王发怒，把存孝杀了。"耿彪听说杀了存孝，叫嗣源曰："若论我耿彪也不怕存孝，是我营中邓天王定的妙计。"嗣源曰："我家倒不曾中你的犯将计，你今中我赚将计了。"耿彪曰："何为赚将计？"嗣源曰："我父王虽然发怒，存孝未曾受刑，正在疑惑之间，着我来探消息，今日被我把你言语都赚出来了，却不是赚将计？"耿彪大怒，拍马舞刀就砍李嗣源，嗣源持戟急架。未知胜负如何，有诗为证：

二将逞功能，马蹄纵乱横。
放开白玉辔，方显两龙腾。

第十七回

# 李存孝力杀四将

却说李嗣源与耿彪斗上三回合，耿彪大怒，取鞭在手，逼开画戟，喝声休走！嗣源躲身不及中了一鞭，吐血逃走。耿彪回营来见葛从周说：“小将出马，正遇着李嗣源，被我一鞭打得吐血，拨马走了。”从周说：“这是你的头功。”耿彪说：“这样功一百件也不算，只待活捉了李存孝才是头功。”却说李嗣源败走回营，望父王拜曰：“真个不是存孝造反，乃是邓天王定此犯将计。”德威曰：“我观存孝是个忠臣。”急叫放了存孝。存孝望父王叩头，晋王说：“不干你事，是巢贼部下邓天王定此计，险些屈杀了英雄。”存孝曰：“儿去拿得邓天王来，方见是实。”拜辞父王，径过黄河。

却说安休休四将接着存孝，将前事问答一番。次日，存孝领兵到营前索战。葛从周问曰：“谁敢出马？”耿彪道：“小将愿出马对阵。”即时跃马出营，来到阵前。只见存孝身不满七尺，骨瘦如柴，脸似病夫，拍马抡刀就砍。被存孝逼开刀，展猿臂，活拿耿彪过马来，一手攥着脖子，一手拿着左腿，按在马上撅做两截，摔下马来。又来索战。军士报与从周，说耿彪被存孝拿去，撅做两截。从周大惊，问谁敢再去对阵。张龙、李虎向前进曰：“二将愿往。”领兵出营，拍马抡刀，望存孝砍来。被存孝举起毕燕樾，把张龙打成两段。李虎挺枪就刺，存孝浑铁槊起处，登时打死。又来索战。从周大惊：“似此怎了？”又闪出崔受向前曰：“小将领兵出营。”跃马向前，高叫：“存孝认得大将崔受吗？”拍马拈枪就刺。存孝逼开枪，大喝一声：“贼将走那里去？”即把崔受拿过马来，只一摔，摔做一块肉泥。杀军大半，拨马回营。四将接着，且问胜负如何。存孝说：“今日这一去，摔死崔受，撅死耿彪，逼死张龙，打死李虎，杀得他兵逃将丧。”四将安排酒席与存孝贺功，十分欣喜，一面差人过黄河报与晋王知之。

且说晋王在帐中与德威商议，存孝过黄河去擒邓天王，未知胜负如何。正话间，忽报存孝差一小校飞报军情。晋王唤至帐下问曰：“存孝曾出阵否？”小校曰：“将军出阵连杀四将，至后无人敢出，方始收兵回寨。”晋王问曰：“四将是谁？”小校将姓名逐一细说一遍。晋王听罢大喜曰：“吾儿果是英雄。”德威曰：“杀此四将，足显手段，破黄巢在此人身上。”又曰，“可颁赏赐劳慰，令他们用心破贼，不必亲自离营过河来此提调进攻之策。”晋王从议，差人赍送赏赐再抚三军。小校依命，回至本营报存孝曰：“大王不胜之喜，今差人赍送赏赐来此，现在营外。”存孝即将赐赏散给军士，吩咐军人过河回报，遂与四将练兵，准备厮杀，不在话下。

却说军士报与从周曰：“崔受被他拿去，摔做一块肉泥。”把满营军士唬得魂飞天外，魄落重泉。下面闪出一将张权，向前禀曰：“小将有一计愿献麾下。”从周问有何计。张权曰：“我这计是停兵计。总兵可写一封书，差个得当军人送与存孝，叫他停兵三日不战，第四日先布一个长蛇阵与他破。总兵领大兵四十八万，顺黄河西岸，接次魏南三县、华州华阴县安营，直抵潼关，布下七十二座连珠阵，把这牧羊子赚到中间，轮流挑战。就算他浑身是手，能砍得许多？务要生擒这贼，碎尸万段。”葛从周曰：“此计可成大功。”急写了书，差两个军士送去。

却说存孝在帐中，正与四将饮酒，把营哨军报云贼将差人下书。存孝叫军士放他进来。二人禀曰:“小的是葛总兵差来下书的。”将书呈上，存孝叫安休休开看。安休休念云:

“大齐总兵官葛从周端肃书拜大唐飞虎将军麾下：仆闻胜败兵家之常事，两军相斗，未必全捷。昨者，将军捽崔受于沙场，撅耿彪于马下，张龙、李虎相继而亡，士卒一闻，靡不丧胆。然屯兵于黄河左右，布阵深为不便。将军既为盖壤英雄，乞停兵三日，姑待第四日布成阵势，将军如破得此阵，某等即献长安，甘为末卒。如蒙轻挥彩颖，早赐批回，则将军宽洪之量不浅也。某临书不胜冰兢之至。金统四年三月，上浣从周再拜。”

安休休读罢，谓存孝曰:“葛从周书词狂妄，可作一书回他。”存孝曰:“征战之际，只论武，谁来论文，要回书做甚？只就书尾写批允二字便是。”安休休曰:“太保所见极当。”存孝唤来将问曰:“你营中将有几百员？军有几百万？”来将曰:“我营中将有四百余员，军有四十八万。”存孝曰:“你去回葛从周，这些军将却不够我杀，叫他再去长安领四十八万军来，不杀得他片甲无回，誓不为大丈夫。”来将领诺，回复从周，呈上批允原书，将存孝所言细说一遍。从周听罢，谓张权曰:“计若不成，莫若走回长安。”权曰:“存孝一勇之夫，不谙阵法，擒此人必矣。”从周依言，次日领兵出营分拨，一连三日，布成一字长蛇阵。

且说存孝与四将俟期打阵。探马飞报布阵已完，第五日存孝领四将披挂上马，统兵直至阵前一看，只见枪刀戈戟，高高下下；旗幡金鼓，整整齐齐，犹如铁桶一般。存孝看毕，问众将曰:“尔等识此阵否？这阵布得有理，居中布着蛇头，南首布着蛇腰，北首布着蛇尾，名为一字长蛇阵，又名兔守三穴阵。”四将曰:“何为兔守三穴？”存孝曰:“若先击头，则腰尾应；若先击腰，则头尾俱应。若先击尾，则头腰俱应。必须三处俱击，方能破得。吾自领军一千击头，你四将每二人领军一千去击腰、尾。三支军马，务宜互相救应。”吩咐已毕，存孝领军直从阵头击来。当先一马迎住，存孝问曰：“来将是谁？”答曰：“吾乃大将张权。”权问曰：“你乃何名？”存孝曰：“大唐飞虎将军李存孝，你尚不知名耶？”权大怒，拍马抡斧便砍。战不一回合，被存孝一槊打得头如粉碎，翻落马下。阵中四十八员健将，见张权落马，大喊一声，一起跃马直逼存孝，团团围定。存孝全无惧怯，左冲右突，一槊一将，把四十八员健将尽数打死。薛铁山、贺黑虎、薛阿檀、安休休四将，望见阵势已破，贼兵散乱，招集两支军马合为一处，直杀入贼营。贼措手不及，葛从周慌忙上马奔逃，其余兵卒，十伤八九，剩得些小卒各自逃生，俱与从周径奔长安内去。这一阵存孝杀了猛将五十余员，精兵四十余万尽皆溃散，尸横遍野，血流成河。那两支兵杀入长蛇阵，怎见得？但见他：

杀大将，连人带马；追小卒，弃甲丢枪。鞭中金盔，脑顶天庭俱粉碎；箭伤铁甲，毫毛骨肉尽分张。浑铁槊动摇，恰似蛟龙现爪；毕燕樋举起，犹如猛虎攒羊。愁云黯黯尸横野，怨气腾腾血染场。只为长蛇一阵，惹得祸起萧墙。正是：杀入长安无敌手，天叫巢贼一时亡。

即时取了魏南三县，夺了华州华阴，径到潼关。存孝回头看，三处人马俱没有了。存孝问：“我军人马还有多少？”四将答曰：“只有十三名，连我五个共有一十八骑。”存孝道：“这十三名小军，也和我似兄弟一般好汉。且过潼关去着！”径杀到霸陵川，杀了七日七夜，存孝肚中饥饿，杀到巢营抢些粮食，接济这十八骑人马。赶得巢兵马不停蹄，径赶过霸陵川。葛从周怨道：“张权这贼惹出这场大祸！”报军来到长安，葛从周叫军士快进长安城。时李存孝亦进长安城来了。存孝原来不知是长安，若知是长安，纵有赵云包天大胆，决不敢赶进此城。

有诗为证：

张权诡计总寻常，存孝英雄不可当。
一字长蛇冲破了，伫看烧毁永丰仓。

第十八回

# 存孝火烧永丰仓

话说存孝带领一十八骑将校，望着从周追赶七日七夜，马不停蹄，过了霸陵川地面，径赶进长安城中。且说葛从周星夜奔走，入长安进皇城，慌忙奏上黄巢曰：“臣奉我主敕命，屯兵黄河，拒住李克用二十八镇诸侯人马。臣遣孟绝海领班翻浪、彭白虎，先领一军往河中索战，探听敌兵虚实。不想李克用部下十三太保飞虎将军李存孝出战，两番交战，损却三将。败军方才回报，又被克用统率二十七镇诸侯，一拥至河岸安营调遣。李嗣源领兵对臣营南立寨，李存孝领兵对臣营北立寨，连日交锋，被存孝杀死健将无数。臣欲退入长安，奏请主上计处。张权再三定计，布阵赚杀此人。岂知存孝十分刚勇，兼通阵法，将臣阵势打破，当先杀了张权，复杀四十八员名将。驱兵一掩，我军措手不及，以此大败。臣今逃命奔回，闻得后军报说，随后尽力追臣，毕竟抢过潼关，至霸陵川地界。若入长安，决难抵敌，乞主上早早区划，慎勿迟延。”黄巢听得大惊曰：“似此如之奈何？且传旨令守门军将把长安城门紧闭，待明早宣集群臣商议。”

且说存孝追赶从周，望见长安城池，亦不晓是长安，只说葛从周领兵入城，与十八骑将校也径入城中。举头一看，回顾四将曰：“这座城却好，但不知是何府郡？”正话间，有一居民至前，存孝喝声问曰：“此城是何府郡？”民答曰：“将军原来不识，此是帝京长安城中。”存孝听罢，放开居民，私与将校曰：“不觉误至长安，倘有一支兵来围住，弓弩乱射，十八骑人马，岂不死作一团？”言毕，与众将校东冲西撞，行至永丰仓前。存孝曰：“此是屯粮之所，不如先断贼兵咽喉。”遂令将校一齐放火焚烧仓廒。须臾之间，烟焰腾空，风狂火烈，长安城内照得上下通红。黄巢正与群臣商议，忽报李存孝兵入城中，放火烧着戍字永丰仓。巢急宣问：“谁敢领兵擒拿存孝，灭此火？”班中御弟黄珪奏曰：“臣敢领兵救火，就擒存孝。”巢曰：“御弟肯与出力，联赐卿一匹浑红马、羽林军三千。”黄珪谢恩出了午门，即披挂上马，领兵来寻存孝，吩咐皇城守门军：“不必下锁，待吾擒得存孝即便回来。”

且说存孝与众将校看见火势猛烈，必有军兵来救，思寻街道出城。忽然存座下战马鼻流鲜血，如何骑得？存孝见了大慌曰：“怎生是好？”天色已晚，正忙迫间，见灯光闪烁，人马无数，簇拥着大将一员。怎生打扮？但见：

> 头戴嵌宝三叉紫金冠，身披嵌珠锁子黄金甲。衬着那猩猩血染绛红袍，袍上斑斑锦织金翅雕。腰系白玉带，背插虎头牌。左边袋内插雕弓，右手壶中攒硬箭。手中握丈二一杆枪，座下赤兔红鬃马。

却说李存孝见了那马，连夸数声好马，“送马的来了！”四将说，“这是他的。”存孝说：“不移时就是我骑的。”四将看那马，端的高骏。有诗为证：

> 火中照见五名驹，恍若龙飞实罕稀。
> 四足衬银踏白雪，浑身噀血染红脂。
> 追风千里原无价，遇主残唐信有时。

天赐英雄非小可，扫除巢贼奠皇基。

黄珪近前喝曰："你是何人？"存孝曰："吾乃大唐飞虎将军十三太保李存孝也。你乃何人？可通姓名！"黄珪应曰："我本大齐皇帝御弟黄珪。"言罢拍马拈叉就刺。存孝避开叉，一手拿过黄珪往火里一摔，登时变作"红龟"。一手梪过五名马，翻身上马叫曰："我今已得骏马，黑夜寻不见长安门，众兄弟跟着俺来，待俺把这马放在前面走，信马由缰，随马到那里。"

原来这马认得正阳门，把存孝驮到正阳门来。守门人听见马銮铃响，叫快开门。守门军士说，必是大王擒得存孝回来，将门大开。存孝黑暗之中，又不觉是皇城，只疑是长安城门开了，出得城去，乃唤众将校曰："兄弟快来，有人开城，可以出去。"众将听得，各各勒缰紧紧随着，已至五凤楼前。皇城下灯炬辉煌，存孝睁目观看，与众将曰："若是长安城外，不过居民茅房草屋，或是荒郊野径，焉有此雕梁画栋？"见两边军伍摆列整齐，大声问曰："这是那里？"

且说黄巢同文武官员正在此高处观望救火，急候黄珪消息。猛然听得五凤楼前喧闹，顾问左右。左右忙启曰："大王倒未见回，存孝人马反杀至楼下，怎生是好？"巢顿足大惊，问曰："卿等何计可施？"文武曰："此人谁可抵敌？我主只可招安，封他极品官职，方才得退。"巢亲自往下呼存孝曰："唐主无道，不识贤良，你何枉立功劳？将军若肯顺联，任选高官。"存孝听得亦不答话，回顾将校曰："今已见巢，不可错过，你等哄他说话，待吾取出弓来，一箭射死这贼。万全之功，何用厮杀？"安休休遂呼巢曰："你既要吾等归顺，封何官职便可说。"巢曰："你众兄弟俱封并肩一字王。"言未毕，存孝取弓在手，搭箭当弦。有诗为证：

五凤楼前势俨然，英雄误入策非全。

神威信是无人敌，一箭先叫射巨天。

却说存孝一箭射中黄巢的平天冠，黄巢一时惊倒，昏闷在地。文武各官扶起，只见一箭射在冠顶之上。巢却未死，被此一惊半晌方苏，睁目顾众文武曰：“此贼可恨！”即传旨：“每门添军一万、健将十员，牢把城门，擒拿此贼，万剐凌迟，以雪朕恨。”左右领旨，随即传令，添兵选将，不在话下。

且说存孝望见黄巢中箭，疑是已死，领众将校出了皇城。但闻出令，添兵选将，喊声不绝。存孝曰：“原来巢贼未死，倒反添兵守门。”安休休曰：“我等数人，彼众我寡，焉能对敌？趁今天色微明，快出城去。”存孝曰：“你言正是。”方与众将速行，忽有二将领兵拦阻去路。存孝喝曰：“来将何人，敢拦去路？”为首一将答曰：“吾名李罕之。”又一将曰：“吾名符存审。”罕之曰：“你莫非李存孝么？吾正奉命拿你。”存孝大怒，拍马向前。罕之就使浑铁棒往存孝打来。存孝攥住铁棒，罕之便夺存孝浑铁槊，却摇不动。存孝见罕之铁棒使得颇重，便觉此人亦是好汉，不可伤害，只将毕燕村在棒上一击，震破罕之手虎口。罕之丢棒躲开，存孝将棒一曲，曲成桶箍丢于地下。二将看见存孝果然英勇，下马便拜曰：“太保将军，吾二人情愿归降。”存孝曰：“既是真心，吾与二位八拜结交，何敢相轻？”二将大喜拜谢。存孝遂下马来，拾起铁棒，用手一熨，依然挺直，付与罕之。原来二将率领三千军马，便与存孝十八骑合为一处，遥望光太门来。存孝一马当先，行至门边，尚未开锁，举手一村，将锁打为两截。大开城门，招呼众将人马，一涌冲出长安城外。逸狂诗曰：

曲棒浑如铁桶圆，立降二将卒三千。
长安非是无弓箭，天佑英雄获万全。

却说李存孝人马正行间，哨马报道，黄桑店有邓天王人马阻路。存孝怒曰：“我为这贼往长安跑了一遭，却在这里。”人报邓天王曰：“当日在河中府生擒孟绝海的将军，在此索战。”邓天王说：“为人生死，自有天数，此时只得向前对阵。”绰枪上马，来到阵前。时存孝看见邓天王身高丈五，披挂十分齐整：

> 戴一顶紫金冠，披一副黄金甲，穿一领绛红袍，弯一张皂雕弓，插几支狼牙箭。座下骆驼大的黄骠马，使的是二丈四尺画杆方天戟。恍忽天神下降，犹如陆地金刚。

存孝高叫曰：“来将莫非假装我劫俺大哥营寨的么？”邓天王答曰：“然也。”存孝曰：“好生下马受死！”邓天王大怒，拍马挺戟就刺，被存孝避开戟，喝声：“奸贼！走那里去？”只见：旌旗战马空归去，活捉天王过马来。又好似：瘦豺狼攀翻了一只白额虎，海东青坠落了一个贴天鹅。

那时存孝把邓天王拿到中营，叫六将：“把他斩了首级，见我父王。”邓天王放声大哭，存孝说：“你这大汉，如何怕死？”天王道：“我这一哭，非是怕死，我只因有两件事不足，故此大哭。”存孝问是那两件事不全。邓天王告曰：“我第一件，家有八十岁的老母，黄金未曾入柜；第二件，是我本事不全，方天戟略展一展，就被太保所擒。”存孝问曰：“你是那里人氏？”天王答曰：“我是曹州人。”存孝曰：“我今饶你性命，你休要顺巢，径回曹州去，一来侍奉你八旬老母，二来把你本事学全了来见我。”遂令军士取披挂还他。邓天王拜辞了存孝，上马径回曹州去了。

却说晋王与二十七镇诸侯在黄河营中，打听得葛从周布成阵势，约令存孝打阵，被存孝冲破阵势，杀死无数名将，又攻破葛从周营寨，从周逃命，径奔长安，存孝亦领人马随后赶去。晋王当下听得大惊，与德威曰：“敌既大败，存孝孤军追赶，吾等大军岂可在此久停？”德威曰：“存孝英勇，虽然无事，亦须接应，乘此破竹之势，长安克期可复矣！”晋王遂即传令二十七镇诸侯，各个收拾，拔寨起程。一声炮响，大军便离营寨，过黄河，晓行暮宿，不觉早至霸陵川。即令安营驻扎，以待存孝动静。

且说存孝亦与六将并三千人马，自离黄桑店，行到霸陵川。闻知父王大队军马于此安营屯扎，径至营前拜见。晋王问曰：“吾儿你这一向往那里去了？”存孝答曰：“儿为寻拿邓天王往长安跑了一遭。”晋王又问曰：“你有功无功？”存孝曰：“听儿说来。儿自过黄河，撅死耿彪，摔死崔受，逼死张龙，打死李虎。破长蛇阵，杀死张权，诛巢将四十三员，得了魏南三县，抢了潼关，夺了霸陵川。一十八骑人马，误入长安，火烧戍字永丰仓，复夺五名马，摔死巢弟黄珪。杀进正阳门，直抵五凤楼，射了黄巢一箭。又收符存审、李罕之，打破光太门，兵到黄桑店，活捉邓天王。这都是此行事迹，不知是功否？”众诸侯曰：“这都是没遮挡的功。”晋王大喜，即令排宴贺功，不在话下。

且说黄巢自李存孝冲出长安，甚是忧惧。次早升殿，急宣尚让、齐克让、傅景样、傅道昭、柳彦随、柳彦璋、葛从周两班文武商议曰：“朕被李存孝赶进城中，烧毁仓库，杀死御弟黄珪，至五凤楼前射朕一箭方退去。今出城，若见了李克用，与各镇诸侯合兵来攻，为祸不小，将如之何？”葛从周奏曰：“臣有一计。今闻李晋王统领大队军马，已在霸陵川安营。日夕只是饮酒为乐，并不整理军务。军无约束，士卒懈怠。臣保我主亲统大军，孟将出征，晋王昏醉营中，必无准备，我军乘夜劫寨，破他栖止，再整军兵厮杀，必获全胜。但不知主上意见如何？”巢曰：“朕有天下，亦是用卿计取。今日之计，岂不信用？”传旨点起大军十万，安排銮驾，克日带领文武众官，跟随御驾亲征。但见：

金瓜密布，铁斧齐排。方天画戟成行，龙凤绣旗作队。旗旄旌节，一攒攒绿舞红飞；玉镫雕鞍，一簇簇珠围翠绕。飞龙伞，散青云紫雾；飞虎旗，盘瑞霭祥烟。左侍下一代文官，右侍下满排武将。虽是妄称天子位，也须伪列宰臣班。

头戴一顶冲天转角明金幞头，身穿一领日月云肩九龙绣袍，腰系一条金镶宝嵌玲珑玉带，足穿一对双金显缝云根朝靴。

黄巢方才出得长安道上，忽一道人身穿黄衣，手执拐棒当道而立。跟驾卒校喝逐不退。待巢驾至近前曰："黄巢你用吾宝剑多年，今日可还吾去。"巢怒，喝令军校捉下。道人举起拐棒，向巢一打，巢即仆地。道人化阵清风而去。左右扶起黄巢，半晌方醒，腰间不见混唐宝剑。巢怒，击杀左右数人。离了长安，军马日行三十里歇息，与众文武曰："朕军缓行早歇者，欲养力，临阵不致疲倦耳！"文武曰："我主所见极是，但劫营须要迅速，又宜出其不意。"巢曰："然。"遂令军马趱行，赶到霸陵川。未知如何，且听下回分解。逸狂诗云：

巢贼亲征李晋王，道人夺剑数当亡。
皇天眷德分明报，强暴何曾得久长。

第十九回

# 德威遣将灭黄巢

却说晋王正与众诸侯饮酒，只见中军帅字旗摆了三摆，德威即问军士：“有风吹动，无风吹动？”军士禀曰：“无风自动。”德威即袖占一课，禀晋王曰：“此事不祥。臣观长安道上，杀气冲天，今晚必是黄巢领兵来劫营寨。”晋王曰：“此事怎了？”德威复占一课，笑曰：“此是唐主洪福！大王不必挂心，黄巢把天下送还唐主也。他若只在长安不出，几时攻得城开？乞大王赐臣令剑，待臣提调三军离了霸陵川，存个空营设备，悬羊擂鼓，饿马摇铃，四面八方埋伏军马。他不来便罢，若来到此，见是空营，必自慌逃乱。等至天明，臣在中军放炮，四面伏兵齐出，叫他片甲不回。”晋王大喜，即解腰间宝剑，交与德威，说道：“令剑在此，各镇诸侯，十三太保，部下一应将卒，敢有不服调遣者，先斩示众。”

德威接剑在手，指定晋王曰：“大王亲自领兵十万，南首埋伏，不许妄动。等待天明，听中军炮响，方许杀来。”晋王即领兵而去。德威又指大太保李嗣源、三太保李嗣昭领兵十万，北首埋伏。又指郓州赫连铎、华州韩鉴、曹州曹川、兖州周顺四节度使等，领兵十万，东首埋伏。又唤十一太保康君立、十二太保李存信等，领兵十万西首埋伏。“各听中军炮响，一起杀出，如有私放黄巢走者，斩首号令！”于是众军诺诺连声，各领兵分路而去。

却说存孝向前跪曰：“军师分兵已毕，那一路要用我去埋伏？”德威曰：“非是不用将军，恐怕你此去擒不得黄巢。兵法云：将在谋而不在勇，将军平日有勇无谋，故此不敢轻用。”存孝曰：“愿立军令，如此去擒不得黄巢，任斩吾首，以献军前。”德威大喜曰：“既肯立下军令状，汝即同六将并三千飞虎兵，往长安大道密松林里埋伏。但不要上将之头，只要黄巢之首，即是头功。”存孝得令，即领三千飞虎军，依计而去。逸狂有诗赞周德威云：

德威授计勇南公，兵伏长安大道中。
天使黄巢来送死，劫营半夜入牢笼。

第二十回

# 灭巢山黄巢自刎

却说黄巢与葛从周人马，不分昼夜，正来到霸陵川，远晋王营寨不上十余里路，即令众军安营。黄巢曰：“今晚三更时分，好去劫营。”不觉天色已晚，三更时分，巢即催督人马而进。葛从周曰：“不可妄动，且差小军前去探听他有准备否？然后进兵。”巢曰：“此言极是。”即差小军前去。不移时即回报曰：“晋王营里打八更了。”巢大怒曰：“自古至今只有五更，那有八更之理？”从周曰：“晋王今宵合休矣！”巢曰：“怎见得？”从周曰：“晋王是个酒色之徒，只顾饮酒为乐，不思整理军情，以致军士不肯用心，错打更数。”即喝令众军，用心努力。一声炮响，众军杀进营来。只见：

地上插旗唯伏兔，营中打鼓是悬羊。

黄巢大惊。从周曰：“中了贼人之计。”急令诸军快走。于是众人自相践踏，死者不计其数。正走之间，不觉天色渐明，忽听得周德威营中一声炮响，领兵杀出，四面八方，团团围住巢军。只听得喊声大振，金鼓齐鸣，恰正是：

战鼓咚咚，好似春雷震地；旌旗闪闪，犹如晓雾漫空。昨夜里，黄巨天喜入生门；这时节，葛从周难寻活路。

黄巢部下众军，心惊力乏，不敢恋战，各自逃生。周德威后面只顾杀来，葛从周等策马投南而走，不料南首晋王领兵杀出。君臣倒戈，往北而逃，不料李嗣源催兵杀来。君臣又投东而走，只见赫连铎等四路军马，杀将出来。且从西路杀出，正遇康君立等一支兵杀来。从周同黄巢力战君立，方得脱身。

却说黄巢从西路走了。晋王问是那个在西路埋伏。军士报曰："是康君立、李存信埋伏在西路。"晋王叫刀斧手拿下二人枭首。德威曰："待擒了巢贼，再斩未迟。"

却说黄巢杀出霸陵川，往长安大道而走，且与众将曰："喜得一夜不曾见飞虎将军。"七将答曰："存孝不来，君臣尚在一处；存孝若来，彼此各寻活路，那时顾不得了。"言未尽，只见草坡中闪出那飞虎旗来。尚让、齐克让、傅道昭、傅景祥、柳彦璋、柳彦随、葛从周见是存孝旗号，各自逃生。这七将后来投入朱温部下，此处不题。

却说六将叫："哥哥，兀的那逍遥马上，穿黄袍的，就是黄巢。"存孝飞马赶上。此时，只有黄巢同侄黄勉二人逃进山来。前有一支兵阻路，首将问："来者何人？"黄巢含泪答曰："吾是长安大齐王。"那将就马上称曰："原来陛下到此。臣是金顶太行山大将韩忠，请我主到牛皮宝帐暂时歇马，臣去生擒存孝来问罪。"黄勉说："这海口贼！见存孝也是死的，不如及早逃生。"却说存孝赶来，正遇韩忠。存孝说："来将好好顺我，饶你一命。"韩忠大怒，举斧劈来，被存孝避开斧，枻过马来，往山下一摔，摔做一堆肉泥。黄巢与黄勉正行间，黄勉在后自思："我跟着这昏君走，存孝赶来，连我也是死的。不如我把步心一枪，挑下马去，割了首级，献与唐将，将功赎罪，岂不是好？"两匹马行来，只见路旁有一石碑，上有两行大字写道：灭巢山，鸦儿谷，正是黄巢合死处。黄巢对黄勉说："这是灭巢山鸦儿谷。鸦入巢而巢必破，我命定是难逃。昔日项羽自刎乌江，将首级与乡人吕马通。今你我本是嫡亲，待我刎下首级，与你前去献上唐将，永受富贵。"言罢，拔剑在手，仰天长叹数声自刎，头落于地。逸狂诗云：

灭巢山上鸦儿谷，篡贼应知数已终。
自刎难消天下怨，至今啼鸟恨无穷。

黄勉取了首级，正遇存孝赶到。黄勉叫曰："太保饶命，小将特献黄巢首级。"存孝问曰："你是何人？"勉曰："吾是黄巢御侄黄勉。"话犹未了，晋王人马已到。存孝望父王拜曰："儿赶黄巢到灭巢山鸦儿谷，逼死黄巢。有巢侄黄勉，斩了首级献在此处。"晋王令黄勉来见，问黄巢怎么肯死。黄勉答曰："被臣步心一枪，刺下马来，斩了首级，献与大王，将功折罪。"晋王问："你是什么官职？"勉答曰："巢在日，不拘侄儿外甥，都是一字并肩王。"晋王问曰："巢贼在位几年？"勉曰："在位四年。"晋王曰："这等你也受了四年的富贵。我手下有五百家将、十三太保，只有一个亲儿，其余都是义子。学你这不忠、不孝、无恩、无义之徒，败坏人伦，怎么是了？"叫刀斧手："与我拿去斩首示众。"晋王令人拿黄巢的首级来看，果然眉横八字，牙排二齿，鼻生三窍。对周德威曰："这人怎么生得如此怪相？"德威曰："昔日僖宗主上因嫌他貌丑，将他叉出朝门，巢即作了反词，反上金顶太行山。只得半载，聚下饿夫五百万，夺了东西二京。大王不要看他，早进长安城，打扫三宫六院。遣官拨将，往西祁州请驾还朝，安抚万民。"未知何如，且听下回分解。逸狂诗曰：

百岁人生草上霜，无端妄觊做君王。
龙袍挂体殊尊贵，鸦谷捐身亦惨伤。
血水逆流河涌涨，魂灵悲切日无光。

早知黄屋居难久，何似林泉乐更长。

也有诗讥黄勉曰：

黄勉全无叔侄情，怒将巢首献唐营。
忘恩慕禄天垂鉴，立斩辕门大义明。

第二十一回

# 程敬思接驾还朝

却说李晋王传令，殄除黄巢余党，安抚百姓，号令军士秋毫无犯，居民安堵。一面设宴庆贺功劳，一面差人肃清宫殿。与众诸侯宴罢，就令城外屯扎，伺驾还朝，请旨发落。诸侯依令安扎去讫。晋王命程敬思往西祁州迎帝还京，又令李存孝同往保驾。敬思拜别晋王，径往西祁州而来。

且说唐僖宗在西祁州日夜焦思，每言及，辄唏嘘泪下，不知何日能复故都。又一日，宣郑畋问曰："朕命程敬思宣皇兄率藩镇诸侯破巢，未有见报，此事不知如何？"畋奏曰："臣时常差人探听，晋王自河中府会兵，屡战屡胜，必有捷音，陛下不须烦闷。"君臣谈议未毕，忽殿下一官捧一表进曰："晋王李克用差臣程敬思，赍表迎接圣驾归长安登位，伏候圣旨。"帝闻奏不胜大喜，即宣程敬思上见。拜舞毕，帝曰："卿至直北往回，风霜劳苦。晋王音问如何，细说一番。"敬思奏曰："臣奉命往直北调李克用会兵河中府，先败葛从周，次即洗荡黄巢，复取京师，今差臣来启请皇上进长安，以政天下。"帝又问："破巢何人功居第一？"敬思奏曰："晋王部下十三太保、五百家将，唯第十三太保飞虎将军李存孝英雄无敌，已上他功居第一。晋王特令存孝同来保驾，今存孝亦在午门外候旨。”帝曰：“既在此，宣来见朕。”须臾，存孝入，至殿前拜舞。帝命抬头，看曰：“此等人焉能成此功绩？”敬思奏曰：“此人貌虽微小。但有奇能。陛下不知，臣当细奏。”遂将存孝所历战功，一一奏与帝听。帝亦不准信。帝谓敬思曰：“且待存孝跟驾有功，回京查实功绩，然后论赏。”存孝、敬思叩头谢恩出朝。次日传旨，令文武百官收拾起行。出了西祁州，存孝披挂在马上，紧随车驾。

正行之次，前军飞报：“一支人马拦住去路，声言与黄巢报仇，要劫车驾。”帝闻传报大惊。程敬思下马奏曰：“贼兵挡路，主上可命存孝剿擒。”帝即传旨。存孝拍马直至前队，大声喝曰：“何处贼徒敢拦圣驾？”那将曰：“吾乃齐主族兄黄豹、黄虎，特来报仇。你是何将？”存孝曰：“吾是大唐飞虎将军李存孝。”黄豹听罢，抡刀直取，被存孝一槊，死于马下。黄虎来迎，亦被搠死阵后。贼将五十余员，齐声向前混杀。被存孝一槊一个，连搠死二十八将。余将见事不济，勒马冲突而走，军卒尽皆星散。帝在车上看见十分欢喜，谓敬思曰：“卿奏存孝之功，朕甚不信。今见此阵，果然勇猛无敌，论功第一，更又何疑？”急宣存孝来见。直至御前，帝曰：“朕今车驾复转长安，朕怜卿劳苦，封卿为大唐护国勇南公之职。待朕还朝，再赐宴赏。”存孝叩头谢恩毕，帝命催趱前行。

且说晋王准备接驾已久，正与诸将说话间，忽报马禀曰：“车驾已到，离城不远。”晋王忙令召集众诸侯文官武将，一起拥出长安，迎接圣驾入城。帝升御座，晋王引众朝贺。帝受礼毕，传旨改今年为光启元年。宣晋王上殿，抚慰勤劳，仍享晋王之爵，另赐并、沁、辽、朔四州之地，所输赋税，以充禄享。就于太原府内，建造王宫，出入半朝銮驾。命程敬思、郭景铢、周清、史敬思各文武官护送皇兄上并州，“永享富贵，少慰朕怀”。晋王叩头谢恩，复奏曰：“诛灭黄巢，非臣之能，一则主上洪福，二则众将效力。但臣部下，智借周德威，勇赖李存孝。存孝已蒙封赏，唯德威与诸节镇诸将，莫不尽忠竭力，望我主圣鉴。”帝曰：“俱有封赏，皇兄可令各官，候朕出旨。”晋王欣喜出朝。帝次日传旨：“封周德威为大司马，即日随朝；诸节使照任前职，另行颁赏；其余文武将校俱各封赏。”设宴庆赏，各就任所，勿留京师。当下，众诸侯文武于午门外听罢圣旨，伏阙谢恩讫，二十七镇诸侯先出京城。

晋王次日亦收拾人马，径上并州，乃唤存孝吩咐曰：“吾领王爵，汝封国公，主上之恩，无以加矣！你可领一支人马巡视河北，吾领一支人马巡视河南，一则安抚百姓，二则搜剿贼党，俱至汴梁城北门外泥脱岗上取齐，不得违令。”存孝领诺。次日话别，存孝曰：“父王若先到汴梁，儿不在面前，朱温设计诡骗，切宜提防，不可误中奸计。”晋王曰：“此事不妨，但吾儿宜早来会。”言毕，遂各分头取路而去。未知后事如何，且听下回分解。后人感僖宗长安复登宝位，有诗为证：

一从兵变避西祁，几向斜阳哽咽悲。
鬓发虚过新岁月，梦魂常绕旧宫闱。
青琐忽传唐将捷，黎民重睹汉官仪。
舆图此日归天府，四海颙颙乐际熙。

第二十二回

# 存孝力服王彦章

却说勇南公李存孝与李晋王分别，领兵巡视河北，所过秋毫无犯，百姓欢悦。不觉早至寿章县淤泥河。却有本处一人姓王名彦章，身长一丈，蓬头跣足，手使一条浑铁篙，聚集二十余人，驾一只船在此剪径，劫掠营生。当下闻得李存孝军马来到，乃曰："人人说李存孝勇猛，今日要见他一面。"拦住去路。小卒来报存孝曰："前面有十数猛汉阻路。"存孝向前问曰："你是何人，敢阻吾路？"答曰："吾浑铁篙无敌大王王彦章。你乃何人？速献买路钱放你过去。"存孝曰："大唐护国勇南公李存孝，谁不知名！"彦章曰："吾闻你勇猛无敌，原来只是如此，快留买路钱去。"存孝曰："你浑铁篙有多少重？"彦章曰："一百二十斤。"存孝笑曰："只一百二十斤，我那得买路钱来予你！"彦章大怒，两手举篙往存孝头上打来，存孝伸手攥住铁篙，王彦章不肯放手，夺存孝的篙，恰似蜻蜓摇石柱一般。存孝用手一拖，把彦章连人带篙拖上岸来。存孝说："我在马上，他在马下，不显我是好汉。"连人带篙往淤泥河只一摔，有百十步远，存孝领兵过河北去了。王彦章在水里攒出头来，爬上岸，披挂上马赶来。

存孝正行，报说摔下水的人又领众赶来了。存孝说："这水手也是个好汉，待我与他比手，试他本事如何？”勒回马来，王彦章一马当先，抡枪往存孝刺来，被存孝连人带马逼住了，将槊轻轻地打去，彦章用力架隔不住，把浑铁篙逼得一似桶箍般圆。存孝曰：“本待打死你，见你没甚本事，饶了你这一命吧。”彦章放马逃生，跑去有数里之地，放声大哭，叫众人：“各散了吧！我在死里复生，若存孝在世十年，我十年不出；存孝除非死了，我王彦章才敢出名。”自此，彦章径上寿章县，隐姓埋名去了不提。

却说晋王巡视河南，大军行到汴梁城泥脱冈，晋王传令安营，等存孝的兵来到。且说汴梁节度使朱温正坐堂上，忽一人进报：“北门外泥脱冈，今早李晋王到了，在那里安营。”朱温大叫：“看马，取军器来！拿这李克用老贼，报昔年鸦馆楼夺带之仇，未为不可。”朱义向前说：“哥哥岂不知那李存孝的厉害，他一怒直杀到五凤楼前，你若恼了他，杀进汴梁城来，那时悔之已晚。”正在此疑惑，不移时，人报李存孝不在营里。朱温听得没有存孝，就定一计，写了一封书，叫朱义将书去请晋王来赴宴。等他来时，两厢埋伏强壮，饮酒间击金杯为号，托舞剑杀这老汉。朱义持书，径往泥脱冈来，见晋王叩头道：“汴梁节度使朱温差臣上书。”将书呈上。晋王拆开来书，观看其来意云：

> 钦差镇守汴梁城节度使朱温，顿首拜上大唐恩主大王麾下。臣自鸦馆楼不能强效容悦，批鳞获咎，诚有不堪。故弗敢再叩帐下，径回信地。惟大王谅臣斗筲，弗屑较焉，则幸甚耳。近日渠魁就戮，帝驭重旋，使天下士马休息，黎民复见天日，大王诚不世之元勋也。正愧无以贺功，讵意驾临封域，温实不知，未获拜趋道左。谨涓某日，肃具小筵，抵迎队仗，敬与拂尘，少倾葵藿。伏乞俯赐光临。温无任瞻仰之至，谨启。

晋王看书毕，喜不自胜，即许来日赴会。朱义出营，暗说：“你这老汉若来，叫你来时有路去无门。”

晋王叫周德威：“领一支兵马，保吾赴会。”周德威谏曰：“自古道仇人相会，筵无好筵，会无好会。臣讲一个故事，请大王听着。昔日秦穆公会天下诸侯，齐到临潼县斗宝。有一吴王，生三子，正宫生一子名姬光，偏宫生二子，一名姬僚，一名庆忌。吴王染疾，命姬光去临潼斗宝。姬光奉父命斗宝未回，吴王薨，文武百官扶姬僚登位。

“姬光回国，欲图大位。姬僚防之，每日披狻猊铠甲，弓刀不能伤体；相随出入，有三千执戟郎官、五百骠骑大将。后姬光拜孙武子为师，伍子胥为将，君臣定计，设一炙鱼会，请姬僚赴会。众臣力谏，姬僚不从。只见一臣姓专名诸，左手持一把明晃晃的剑，右手持一尾包祸胎的炙鱼，奔上姬僚殿来。姬僚唤当驾官曰：‘急与朕擒下此人，怎敢带剑上殿？’专诸将剑折为两段，近前奏曰：‘臣安敢带剑上殿？原是木剑，用银箔贴得如此光耀，特用来析鱼耳。’遂向姬僚面前用木剑把炙鱼头割下，往空中抛起。只见那鱼头在半空中随风飞舞不下，姬僚仰首观之。不料专诸向炙鱼腹中拔出一把鱼肠剑，往姬僚项下直刺透铠甲而死，遂扶姬光登位。原来吴姬光有天下之福分，赖孙武子有盖世之谋，使之然耳。今大王赴此宴会，与此故事无异。”未知晋王意下如何，且听下回分解。逸狂诗云：

唐室衰微各镇强，朱温设计害贤良。
临行不听忠言劝，醉后君臣受祸殃。

第二十三回

# 朱温火烧上源驿

当日周德威力谏晋王休去，晋王不听，急遣程敬思、史敬思、郭景铢、周清四将，领三千人马，保他前去赴会，上马而行。

却说朱义先回，报说晋王慨然应允，须臾便到。义问曰：“此来将他如何处置？”温曰：“彼必然兴兵带将。若果有人马到此，令五百家将伏于宅子前后，放炮为号，准备厮杀。如无军来，已在两壁厢埋伏刀斧手，击金杯为号，就筵前杀之。”计会已定，及巳牌时分，温兄弟二人出城远接。只见一彪人马，簇拥而来，近前但见：晋王头戴金盔，身披金甲，坐于马上。旁边数个大汉，各执腰刀一口。朱温迎接入城，邀入公厅，分君臣礼，参拜已毕，叙尊卑坐下。

温举杯相劝。酒至数巡，朱温进厅去更衣。只见玉銮英急到厅前，满眼流泪叫道：“皇兄，谁着你进此城来？”晋王曰：“是朱温请我来。”銮英曰：“他非是请你，他实有杀你之心。前后宅内都埋伏强壮兵士，饮酒中间，击金杯为号，舞剑就要杀你，你可提防。”言毕，銮英进去，却躲在屏风后面。不移时，朱温上厅问曰：“大王才与贱荆说什么话？”此时晋王酒已醉了，把銮英讲的话都说与朱温。温答曰：“怎敢杀君？”晋王曰：“既无此心，再斟酒来。”銮英在屏风后听到，

“这老汉把我讲的话都讲与这老贼，他若不得杀你，定来杀我。”回到房内，自缢而死。

却说朱温把金杯连击三下，只见两厢跑出八个大汉，各仗宝剑一口，急上厅来。晋王曰：“果然是有害我之心。”朱温起身答曰：“这样闷酒吃不下，因此唤这八人舞剑，与大王开怀饮数杯。”晋王说：“最好，着他进厅里来舞。”朱温暗说：“这老贼死时到了。”便令八人进厅来舞剑。程敬思道：“此事不谐。”史敬思道：“不妨，有吾在此。”绰起素罗袍，拔剑在手，大叫：“你们的剑不是这等舞，待我舞与你看。”把剑挡住八口剑。正是：眼观酒器为兵器，手把旌旗当酒旗。五百家兵喊声大震，将宅子四面围定。是时，敬思独战八将。不移时，五人中剑，三人尽皆走了。朱温手五军器，意欲逃走。周清、史敬思二人挟住，将两口剑放在朱温颈上喝曰：“好好放我君臣出去，万事皆休；如其不然，即便砍下你的头来。”朱温惊得魂不附体，恐被所伤，暗思此事不谐，遂唤开门放他君臣出去了，再作区处。

却说敬思力挟朱温开了宅门，君臣五人，半醉半醒扶晋王上马，急来上源驿逃生。是时五月天气，日已沉西。却说朱温密唤武将杨彦洪听令，遂与彦洪曰：“李克用虽出宅门，安能出得此城？今君臣都在上源驿，汝今晚点军一千围住馆驿，四门放火，不问是谁。尽皆烧死。务要一更举事。吾亦自引精兵一千接应。”杨彦洪受计，便去点军，取干柴引火之物，搬于馆驿门首。到晚间，军人放起火来，只见馆驿四围皆火，上下通红。正是：老君推倒炼丹炉，一块火山连地发。有诗为证：

梁晋初争结怨深，上源驿内托天心。
只因克用贪杯误，死难忠臣万古倾。

逸狂诗云：

欲报私仇请晋王，汴梁赴会不提防。
席间舞剑鸿门宴，醉后真言御妹亡。
智勇挟温门得出，酕醄宿驿火辉煌。
若非天赐倾盆雨，毕竟君臣受祸殃。

驿夫报曰："四面火起，怎么是了？"此时晋王醉而方醒，始张目援弓而起。君臣五人急跑出厅来，只见火焰对面逼来。程敬思醉眼昏蒙，倚定中庭，抱住屋栋，即时烧死。晋王放声大哭，复叹曰："吾君臣不想死于此处。"忽然一声霹雳响处，大雨倾盆，满驿之火，尽皆浇灭。驿夫对晋王曰："幸天赐大雨，火已灭焰。"晋王说："若非此雨，我与众人皆死于驿中。"于是四人上马乘电光而行。

行不数步，温又领人马挡住去路。史敬思持枪直取朱温，战上数回合，朱温败走。史敬思直杀至升仙桥，又杀一阵，郭景铢同君臣三人，斩关出了北门。晋王命周清偷路抄去老营调兵，急来接应。朱温大兵，一声炮响，抢上升仙桥来。郭景铢回马不迭，连人带马跌下桥去，水淹而死。朱温赶出城来，史敬思叫曰："大王急急逃生，臣回去挡他一阵。"勒回马来，挺枪直刺朱温。朱温把枪一晃，八十四将一拥齐来。史敬思大怒，枪挑名将一十六员落马。回头看时，晋王把马勒向高阜处，看二人厮杀。敬思叫："大王为何不走？"晋王曰："君臣们死同一处，岂宜独生乎？"史敬思曰："大王不可迟延！我今拒敌，你急急放马逃生。臣再回去挡他一阵。"勒回马，挺枪力战。众将并来，史敬思整战了一夜，又冲朱温三阵。此时人马困乏，冲路便走，王忠挺枪赶来，把敬思左胁下一刺。敬思大怒，拨转马，用右手举起枪，把王忠挑于马下。敬思左胁下血如泉涌。敬思大怒，枪挑名将八员落马，急来见晋王曰："臣今中伤了。"跳下马来，拔剑割下素袍半幅，塞了枪眼，用勒甲绦系了，翻身上马大叫晋王曰："臣今再去对他一阵，你急急放马逃生。"勒回马，挺枪直刺朱温。梆子响处，四下众箭齐发。敬思枪眼痛得难禁，只得自刎于马上。后来史官有诗赞云：

血染征袍半幅红，敬思犹自与争锋。
汴梁冲阵身遭厄，自刎咸称死尽忠。

又有诗云：

再三力劝晋王逃，不顾金枪血染袍，
贾复令名垂汉代，将军今日誉尤高。

晋王见史敬思自刎身亡，放马逃生。比及天晚，朱温掣刀，招转人马大至。晋王亲自兜弓，连射一十二箭，正中一十二将，翻鞍落马而死。晋王再去取箭，袋内已自无了。朱温追急，晋王仰天大叹曰：“吾今老迈，死于此地矣！”忽听得东北角上，喊声大振，闪出两面飞虎旗。旗下一员大将，虎皮袍，猼猊甲，乃是勇南公李存孝也。毕竟不知如何救得晋王，且听下回分解。逸狂有诗单赞存孝来救晋王，诗曰：

不识奸谋恋酒杯，损兵折将可哀哉。
幸而飞虎将军至，救得残躯老命回。

第二十四回

# 田令孜弄权封爵

却说朱温遥望，认得是李存孝旗号。见军士到来，胆碎心惊，遂自引兵走回汴梁城，众军自相践踏，各各逃生。朱温吩咐把门军官，坚闭城门。存孝追至门边，大骂奸贼："待我回去见过父王，再来擒你。"遂回到营中，拜见晋王，说："救父来迟，恕儿之罪。昔日在长安分路，曾说父王兵先到，安营等儿，儿兵先到，安营候父王。倘朱温来请罪，切不可去。今日果中其计！"晋王曰："几乎与你不相见也！今此一阵，程敬思烧死驿中，郭景铢淹没桥下，史敬思带伤自刎，大折人马。今汝来，实是羞耻，此仇如何可复？"存孝曰："此皆吾父轻敌之失，自取之祸。今儿去擒此贼来，碎尸万段，以雪父王之恨，以报三将之仇。"晋王曰："不可！此贼入城，坚闭不出，急难取胜，若擅举兵相攻，则天下孰能辨清其清白哉？且彼得以辞矣。不如暂回太原，差人赍本，奏知圣上，再来擒此贼，亦未为晚。"言讫，遂与存孝奔太原而去。

却说朱温进了汴梁城，惊得魂不附体，自言这祸惹得不小。忽闻军人来报，晋王人马都上并州去了，方始心安。却说朱义对朱温曰："哥哥与李克用结下仇隙，势不两立，倘奏准朝廷，合兵讨罪，如何是好？”温曰：“正虑此事。吾弟有何良策？”义曰：“目今见有十年粮草，可立招军旗号，招募天下英雄好汉，事成则为帝王，事不成纵有晋兵来敌，何惧之有？”温曰：“所见有理。”即日立起招军旗号，果然旬日之间，四方之士云集蚁聚一万余人。

时有黄巢旧将七人，乃尚让、齐克让、傅道昭、郭景祥、柳彦璋、柳彦随、葛从周等，共领本部人马七万来降。朱温大喜，遂纳重用，令设宴相待。酒至数巡，温谓从周曰：“今吾招军买马，积草屯粮，欲报李克用夺带之仇，列位有何妙策？”从周曰：“大人志在复仇，欲图天下。今克用受封天下都招讨，各镇军马俱服调用，兼且他是王位，其势甚大。今大人只一节度使之职，威权不等，也须得个王位才好。”温曰：“汝言虽当，安能致此？”从周曰：“此事甚易。今僖宗宠一宦官，姓田名令孜，现任吏部尚书，朝廷政务，咸听处分，无有不当。大人何不修一封书哀告他？他见词致恳切，更有奇珍异宝为贽，必然荐用，得个王位。可差尚让、齐克让星夜上长安去，早图之，此事必谐。”温欣然从之，即将玉带二条、宝珠二颗，命尚、齐二将星夜径上长安。

来到田令孜府前，二人对军士曰：“烦乞报与老爷知道，说有故人相访。”军士报入府内，令孜道：“唤他进来。”二人入见曰：“大人别来无恙？”令孜沉吟半晌，遂问曰：“二足下何人也？”二人曰：“长安曾会，何故失忘？我等乃尚让、齐克让也。”令孜曰：“今居何处？”尚让曰：“我二人在汴梁城节度使朱温部下充一都尉。今大人乃朝廷柱石之臣，不胜仰望，特差我等前来问安，奉书在此。”令孜接书拆开视之，书曰：

汴梁节度使朱温顿首百拜，致书于大相国田丞相阁下。身护碧纱，已列金瓯之姓字；望崇赤舄，伫弘玉鼎之勋名。庆溢朝端，声传海外。恭惟相公阁下，嵩精挺质，昴秀凝姿，诚当代之股肱，宦林之乔狱也。温滥司节使，调理军民，第职小而权微，奈将顽而卒惰。特修短启，聊贡辖仪，敬驰献于台端，幸莞存乎阁下。更恺乐施荐拔，得并爵于太原。曲赐吹嘘，早颁恩于汴水。仰祈电烛，无任冰兢。

令孜看罢大喜，随即收下金宝等物，且曰："吾有主意，来日便奏，虽不得加封王位，必有赏赐。待圣旨出来，自有主意，吾当私封朱温为梁王，再密铸一印予之。汝二人还至汴梁，令温立过旗号，即自假称梁王，引兵反来，我这里里应外合，谋夺大位，有何不可？"商议已定，随令尚让、齐克让私宅安歇。

次日天色微明，僖宗升殿，令孜早朝礼毕，出班奏曰："迩来黄巢反乱，皆赖朱温调取各镇诸侯，尽行剿灭。各镇诸侯俱受封爵，唯有汴梁朱温有大功勋，兼是贵戚，陛下何不升彼官职，使将士感德，上下归心，实安社稷之一计也。"帝曰："朱温欺君罔上之贼，朕每欲诛之，因朕妹玉銮英在彼处，故且停止。今联妹已死，与彼无亲，岂可升他官职？"令孜曰："率土之滨莫非王臣，何必计较亲疏，只论功绩。既不升他官职，只赐田宅亦可。"帝曰："看卿之面，便赏无主闲田三百顷，无人住的宅子三百间，令彼自去耕养。"令孜拜谢，领旨出朝。到府拆开旨意，加封朱温为大梁王，赐他盖造王殿宫室、黄旌白钺以专征伐。私铸一颗梁王印，命二人星夜径奔汴梁城来。

朱温安排香案，迎接圣旨，宣读旨意云：

"奉天承运。皇帝诏曰：朕自即位以来，天下安然。冒矢撄锋，既用人于扰攘之际；分封锡爵，当报功于太平之时。迩者，黄巢作叛，骚动干戈，今幸殄除，实有赖尔汴梁节度使朱温。今特封汝为大梁王之职，仍守汴梁，于戏！盛典既行，大闲益懋，务使宗社奠安，边烽永息。宜体朕意，尔惟钦哉！"

宣罢旨意，朱温山呼谢恩礼毕，两手加额，不胜之喜。尚让即将令孜前言告之，朱温大喜曰："吾今得受梁王之职，大有威权，皆汝二人之功。"即日立起梁王旗号，别选良匠，盖造王府。臣下进见，悉呼千岁，凡出入悉依王者之例。朱温大行不仁，重敛于民，百姓不胜其苦。早有细作报入太原。

此时，晋王粮已丰足，军马、车仗、器械一切皆备，正欲讨贼，又听得这个消息，心中大怒，连骂数声“昏君”，“朱温此贼，有甚功劳，便赐梁王之职？”于是遣大太保李嗣源径上长安，表奏朱温谋为不轨之罪，然后讨贼。一者出师有名，二者实欲报汴梁损将之仇。

原来令孜受了朱温金宝，嗣源之表三上皆为所匿，不以奏闻。后有人报令孜曰：“晋王领兵与存孝自来见帝。”令孜心生一计。次早僖宗升殿，令孜进曰：“太原李克用造反，陛下早为定计。”僖宗听罢大惊，汗流浃背，放声大哭曰：“不想此人亦反，谁可敌之？”遂与众文武商议，众皆默然。未及一日，三番告急。田令孜奏曰：“克用作反，为祸不小，非黄巢之比，满朝将校皆非敌手。今朱温汴梁屯兵有数十万之众，兵精将猛，可宜入朝，以敌克用。”帝即便遣官召之。

却说朱温在汴梁欲谋为帝，无计可施，聚众谋士正商议间，忽报田令孜差田虎至。温差人接入。田虎礼毕，将书呈上。朱温见书大喜曰：“此天佑我，当成大事。”次日，朱温即遣尚让等七人，带领精兵三十万，打着晋王旗号，反出汴梁。只言晋王之兵，逢城抢城，逢县夺县，势如破竹，无敢当其锋镝。不日直抢至霸陵川，安了营寨。哨马报知朝廷，僖宗大惊，慌问众臣。究竟何如，且听下回分解。逸狂诗云：

梁假晋兵谋不轨，奸臣卖国实欺天。
昏君蒙昧极如此，唐祚何能可保全。

第二十五回

# 晋王勘问田令孜

当时僖宗疑晋王实反，不知是朱温人马杀来。飞报大兵至霸陵川，今已至近，速为拒敌。僖宗大惊，急聚文武商议谁可为将，以退克用。忽一人应声出曰：“臣父死于太原，切齿之仇常欲报之。今克用作叛，臣当引本部猛将，乞陛下亲拨关西之兵，上为国家出力，下为先人复仇，死无遗恨。”视之，乃镇东将军艾佑也。怎生打扮？

三叉宝冠光灿烂，两条雉尾锦斓斑。柿红战袄遮银镜，柳绿征裙压绣鞍。束带双跨鱼獭尾，护心甲挂小连环。手持画杆方天戟，飘动金铃五色幡。

帝即命艾佑为总管，调理军马，前去迎敌。令孜出班谏曰：“艾佑虽将门之子，素不曾习战，今付以大任，非所宜也。更兼晋王部下十三太保李存孝，骁勇逼人，非智勇兼全者，不可与敌。”艾佑曰：“吾自幼从父习学兵书，深知用兵之法，何为欺我？若不生擒存孝，誓不回兵。”令孜叱曰：“岂不闻存孝一怒，直杀至五凤楼前，黄巢百万之兵，尚且不敢迎敌，何况你乎？今日诸将老迈，皆懦弱之士，难以拒敌。不如复上西祁州，暂且避兵，发檄各镇，待四方兵至，谋复大位，此为上策。”众皆曰：“斯言是也！”艾佑亦不敢言。于是田令孜乘夜劫帝出了长安，径奔宝鸡山而去。从者只数百人，内外宰相朝臣一无知者。

却说帝与令孜行了数日，人报后面晋王军马赶来。帝曰："人马将近，必得险要屯驻，以待救兵。"令孜听帝之言，引至一县，名曰宝鸡县，县南有一山极其险峻，周围广阔，可以暂住。但见那宝鸡山：

崔嵬高耸，岭接云端。峰连霄汉，顶透青天。沙水绕围形曲曲，来龙起伏势绵绵。斑斑苔藓，翠色苍苍。万木风声如虎啸，涧中流水声叮当。只见猿猴擎果，麋鹿衔芝。山前时见百花明，山后只闻啼好鸟。乔松上，千年白鹤；深涧内，万载灵龟。樵夫执斧站山坡，野老扶藜过峻岭。山崖如壁，山路崎岖。山翁饮酒弈围棋，童子歌声犹聒耳。何足羡，蓬莱阆苑。入山中，竟欲忘归。

君臣数人走入山中，分兵四下紧守。帝与令孜商议，令孜曰："可速遣人各镇催兵急来救护。"正议间，忽闻喊声大震，朱温人马到来，势如蜂涌，周回围绕，水泄不通。帝登高阜望之，军兵队伍分布整齐，军马雄伟。帝曰："谁有奇计退了晋王？"令孜曰："臣有一计，只可君臣二人共知。须着殿下领妃嫔、群臣左掖下回避，帐中只留陛下与臣，方好定计。再唤田龙、田虎仗剑守门，不许一人擅进。如违吾令，斩首示众。"僖宗闻奏从之。

原来此贼哄僖宗在宝鸡山中，左右之人，皆在令孜掌握，号令一出，内外不通。帝之饮食尽绝，虽有进膳，皆被令孜所夺。帝饿了七日，眼黄鼻黑，半死半活，乃呼曰："令孜爱卿，昔日梁武帝困于台城，不得已将密水度命。何处有水，寻一口与我度命。"令孜曰："此乃是山，何处寻水？"帝坐山顶，仰天叫曰："饿死我也！"随伏地而死，时文德元年夏六月也。

后宋孙甫评云：僖宗为人荒淫暴虐，昏庸相继，祸乱相仍，民愁盗起，不可复支。盖亦天人之所共愤欤！

静轩先生诗云：

唐末刀兵起四方，令孜奸贼太猖狂。
僖宗思水无由得，瞬息君臣而并亡。

可怜僖宗七日绝食，遂饿而死，外面文武，并无知者。

却说李嗣源上表被令孜匿之，不与递奏，回见晋王，具言其事。晋王大怒，急唤李存孝领兵五万讨贼。发兵前来，一路并无阻碍，直抵长安。忽守城兵报说："僖宗主上被田令孜拐上西祁州避兵去了，军民皆说晋王兵反。"晋王听得此言吃了一惊，叹曰："此语从何说来！使天子蒙尘于外乎？"存孝曰："此必朱温逆贼与令孜通谋，恐吾兵击之，假设此言，以绝征进之路也。急当寻见天子，方得明白。"嗣源曰："父王守定长安，儿与存孝引兵探听虚实。"晋王曰："汝不识进退缓急，吾必亲自去之。"于是分兵一万与嗣源守长安，自与存孝领兵四万，直上西祁州去。

比及前至宝鸡山，朱温遣尚让前来迎战。晋王遣存孝、薛阿檀自西南角上鸣鼓大进。尚让尽率精锐之众，前来西南角与存孝交战。从辰至午，梁兵不退。晋王自取铁骑三千，径取东北角上翻身杀梁兵。梁兵弃西南而回，存孝从后面赶杀，梁兵败走，朱温引兵奔还汴梁城去。

田令孜厉声喝曰："天子已在帐内，汝众不得喧嚷，只在辕门外等旨，方许入见。"于是众将皆退在五里之地，唯晋王、存孝侍立帐外，只见令孜走入帐内，密唤田龙、田虎出擒晋王。田龙曰："存孝在彼，安敢近之？"令孜曰："他父子此来，必素体轻装，空拳赤手，无能为也。"二将欣然披挂而出。存孝回头，果见一彪人马到来。存孝大怒，披挂不迭，翻身上马。田龙到来，见存孝手无兵器，更不答话，挺枪直取存孝。存孝避开枪，把田龙一手揿过马来，往山下一摔而死。田虎抡刀便砍，被存孝拾田龙枪一枪挑下马去。败兵进营，报说摔死了田龙，枪挑下田虎。李琦听了，放声大哭，慌与众臣商议。众臣曰：“殿下勿哭，可将八般大宝出献，哀告晋王讨一去处，与你母子安身，此上计也。”李琦遂领众臣妃嫔彩女拜出营来，告晋王曰：“皇伯乃帝室之胄，何故如此反乎？”晋王失惊，问其故。李琦历言备细，晋王始知帝崩，大恸曰：“此贼罪不容诛！”

即令擒令孜来问。晋王曰：“谁使你奏吾反？”令孜知祸已临身，死必难免，乃厉声言曰：“天使我引朱温兵来诈言汝反，实欲谋唐天下。今日事泄，乃天败之也。”晋王大怒，责打令孜身上无容针处。晋王令割其舌，令孜曰：“勿割吾舌，吾今熬不过了，只得从实告之。当日朱温欲求高爵，使尚让、齐克让二将，赍金玉宝物送我。我次日即奏主上。主上不从，只赐温闲田三百顷、空房三百间。是我假传旨意，封温为大梁王。假称大王兵反，彼此里应外合，遂拐驾出了长安，避兵于宝鸡山。七日不沾水米，遂饿而死。只此数事，皆吾所为。”言讫便触阶而死。晋王命军士将令孜四肢分为四段。后人看到此处，有诗叹曰：

谋逆无成祸已昭，千刀万剐恨难消。
从来宦者皆权势，天网恢恢岂肯饶。

逸狂诗云：

阉宦休叫宠任过，威权不与奈如何？
人君鉴此当警惕，若堕奸谋祸必多。

却说令孜已死，晋王命文武发僖宗丧柩还长安，百官哀恸不已。时天气暄热，圣体已是坏了，一面殡殓，一面启行。时李嗣源在长安，闻帝已崩，率大小官员，出郭三十里，伏道迎柩入城，停于偏殿，挂孝举哀。忽班中一人出禀，乃冀州人也，姓孔名纬字世文，现为太子少保。纬曰:“圣上已崩，太子在侧，彼此生变。彼此既变，则社稷将危矣！今太子宜登宝位，以安众心！”掣剑在手曰:“敢有乱言者，割袍为令。”百官拥太子上殿，即日登位，改元为龙纪元年，称号为昭宗皇帝。大小官员，拜贺已毕，封刘崇望同平章事，加赐晋王黄金万两、蜀锦百匹。晋王谢恩出朝，兵还太原。是时天下诸侯一为朝贺，二为帝丧，皆至长安。

话分两头，却说沧州节度使王铎，朝罢而归，路经汴梁城外脱泥冈过，早有人报知朱温。温大惊曰:“王铎世之豪杰，今已总督沧州军马，必然训练精锐，为吾之大患也，可宜先帅兵就此诛之。”杨彦洪曰:“不可，大王正欲举事，戮一无辜，兵出无名，惹天下人议论。某有一计，使王铎相助大王。”朱温问曰:“妙计若何？”彦洪曰:“某闻王铎生有一女，名曰玉翠，极有姿色，虽年幼亦可适人。令人请入城来，饮酒中间，求翠与世子为妻。若王铎肯许，彼有精兵十万、猛将千员，如与晋王交兵，必来奋力相助。若王铎不许此亲，即拔剑挟之，必惧大王之势，心亦自顺矣！”逸狂诗云:

王铎回朝过汴梁，朱温意欲王兵伤。
彦洪恐惹人非笑，计挟存心总不良。

第二十六回

# 朱温掣剑挟王铎

朱温遂用其谋，便遣杨彦洪为使，投泥脱冈来见王铎。礼毕，铎曰:“此来何意?”彦洪曰:“大人朝回，吾梁王思想昔日交契，特使某来敦请入城，聊叙间阔。”王铎听言，欣然应允，上马入城。温与铎相见已毕，各诉旧日之情，并无猜疑。酒至半酣，杨彦洪曰:“某有一言，诉与大人，幸垂倾听。吾主有一世子，聪明特达，颖质魁梧。某闻大人有令爱玉小姐，年方及笄，正求宜家之日。某欲滥为作伐，讲二姓秦晋之好，它日同力破贼，共扶帝室。此诚美事，请大人思之。”王铎曰:“此虽美事，奈何说迟了，小女已许同台节度使岳彦真之子矣。”言未绝，朱温拔剑在手，勃然变色曰:“吾子为婿，岂辱汝哉?若说三声不允，叫你来时有路，去时无门。”铎曰:“大王息怒，若不弃寒微，早晚选一吉辰，送至府中。”温遂掷剑于地曰:“吾拔剑惊汝，特无心嬉戏耳。既以令爱见许，使吾不胜欣跃。”遂将金银十锭权为聘礼，遣弟朱义、子友珍同王铎径上沧州亲迎。

三人离了汴梁，直抵沧州。王铎请二人馆驿权住，自回府来。夫人卓氏接见，彼此礼毕，但见王铎眉头不展，脸带忧容，未知何意，卓氏遂问其故。铎曰:“人道养女好，我今受烦恼。昨日朝贺回来，路经汴梁，被朱温赚我入城。饮酒中间，拔剑挟吾，要吾女与彼世子为妻。此贼势大，只得许之。今朱友珍现在驿中，选日亲迎，事在两难之间，无计可决，故有忧色。”卓氏笑曰：“有何难处，可急修书一封，明说此事，遣人径上同台，报知岳家。彼若有勇兵猛将，可领一支军来夺去；若不举兵，便与朱温娶去。何如？一则儿女缘分前定，二则可免两家报怨于我。”铎曰：“善哉此言！”一面款待友珍二人，一面修书密遣人星夜送至同台。

却说岳彦真与子存训正在厅上讲武，忽报王铎遣人送书来到，随即召人，将书呈上。彦真拆书视之，书曰：

> 沧州辱眷生王铎，端肃百拜大总戎尊姻家岳老大人麾下。久怀斗仰，愧乏侯私，此心歉甚。昨缘僖宗晏驾，太子登基，仆不无朝贺之礼。如长安路由汴梁，回至泥脱冈，讵意逆贼朱温，诈说遣弟请叙，预怀不仁。酒未数巡，讲以小女姻事。仆具情告白，温投剑牵衣，枭心顿起。情出难辞，是以诈允。遂命其弟朱义、子友珍随至敝州，亲迎佳偶，只得暂留一辰。本欲兴师决战，奈何将寡兵微。不揣干冒，敢为尊姻家告。倘蒙助一旅之师，则彼此交兵，贼可一鼓而擒矣。仆计穷志拙，惟高明酌之裁之。临笔无任冰兢，幸台即时雷动。即日。铎再顿首。

彦真看罢其书，谓存训曰：“汝意若何？”存训曰：“焉有此理！夫妇乃人伦之大纲，既有秦晋之盟，便是吾妻，安肯使事他人？若被奸雄夺去，有何面目再与他人谈论？”彦真曰：“汝志则大，但不知有何策以敌此贼？”存训曰：“吾领一支人马，直抵沧州，拦截去路，务要夺回，方遂吾愿。”彦真许之。存训曰：“乞选一将以为先锋，前去沧州破贼。”一人挺身出曰：“某虽不才，愿施犬马之劳，同公子领兵前去，生擒朱义等献于麾下。”彦真视之大喜。此人是谁？静轩先生有诗为证：

隐隐君王相，堂堂帝主容。
残云薄雾里，行动显青龙。

此人身长八尺，两耳垂肩，乃是徐州沛邑沙陀人也，姓刘名调表字知远。彦真曰："汝有何能，敢领此职？"知远曰："自幼曾习一十八般武艺，无所不通。"彦真遂命知远为先锋。于是披挂全副，只少一骑骏马。彦真谓左右曰："可往厩中选一骑来。"须臾，使关西汉带过马来。但见那马，身如炭火，眼似銮铃。彦真指曰："汝识此马否？"知远曰："莫非黄骠马乎？"彦真曰："然也。"即连鞍赐之。存圳、知远率领三千人马，正行间，哨马报曰："已到沧州双关路口。"刘知远在马上与存训商议："此处两条大路，皆通汴梁，必须两下埋伏，才好擒贼。吾领一千五百兵在大路埋伏，公子领一千五百兵在小路埋伏。倘那贼从大路上来，吾便接住厮杀，公子听吾一声炮响，你便领兵抄后杀来；若从小路上来，公子挡住，我也只听炮响为号，从后杀至。"存训依计，乃拔剑付与知远曰："但有诸将不服调用者，斩首示众！"知远受剑讫，即分兵两路，各自前去埋伏，不在话下。

却说王镮回报其父说："岳存训人马到来，离沧州不远。"王铎遂命其女梳装，上了香车，更打叠妆奁，亲送百十余里，与朱友珍出了沧州，王铎父子相别而归。

却说友珍叔侄，窥见车上女子果有国色，二人不胜之喜。前遮后拥，数十人相随，行不到二十余里，忽然友珍座下玉面马咆哮嘶鸣，裂断辔头。友珍问其叔曰："马断辔头若何？"义曰："乃吾侄新娶，去旧更新之兆也。"友珍曰："叔父所见甚明。"言尤未绝，只见尘埃起处，一彪人马到来。为首一将：

浓眉大眼，漆发童颜，相貌堂堂，威风凛凛。坐下黄骠马，手持安汉刀。

知远截阻去路，厉声大骂曰：“逆子，我在此久等！好将小姐留下，饶你性命。如或执迷，决无干休。”朱义听得此言，慌自逃走。友珍一马当先，问来将何名。知远答曰：“吾乃沛邑刘知远是也。”友珍曰：“吾与汝无仇，缘何阻我去路？”知远曰：“汝乃不仁，夺人妻子。”友珍大怒，跃马挺枪，直取知远。两马相交，战不数合，知远大喝一声，友珍措手不及，被知远一刀斩于马下。余众四散，各自逃生。有诗为证：

倚强挟势夺人妻，天理昭昭不可欺。
冤遇英雄刘知远，友珍一命丧须臾。

岳存训从后阵杀来，二人合兵，抢夺香车，随领小姐径上同台去了。

却说朱义引败残人马，还见朱温。温问亲事若何，义曰：“友珍去至沧州，王铎安排香车，即将小姐送出界口。行有数里之地，只见大道上闪出一支人马，为首一将，乃沛邑人也，姓刘名调字知远。此人是岳彦真部下骁将，抡刀砍杀友珍，抢夺小姐径上同台去了。吾与众兵，各自逃生。”朱温大叫一声，昏厥于地。未知性命如何，且听下回分解。

第二十七回

# 刘知远大战梁兵

朱温听得知远杀死友珍，气得半晌方醒，众将皆在面前劝谕。温大怒曰：“众将可助吾一力，即日起兵攻打同台，定要剿灭，方遂我愿。”温遣朱景龙为先锋，即日起兵三十万，名将三百员，径上同台。恨不得踏平城邑，生擒刘诇。

却说同台岳彦真闻知知远杀了朱友珍，夺了小姐，惊得魂不附体。又听得朱温人马到来，大骂存训不肖，既抢小姐也自罢了，如何又杀他世子，令彼引大势人马报仇，怎么与他对敌？知远曰：“大人勿虑，原是我惹来的祸，大兵一到，吾自当之，不劳大人之力。”阶下一将应声出曰：“不须先锋出战，只用某出马一次，定擒朱温！”彦真视之，乃官军校尉武伯宁。

彦真大喜，遂命伯宁带一千人马，骤然出城。行十五里，望见尘埃起处，朱温人马早到，却才摆开阵势。武伯宁横刀立马，阵前大骂曰：“朱温逆贼，无故兴兵犯界，是何道理？”温将朱景龙大怒，更不答话，飞马直临阵前。伯宁挺刀来迎，两下战不数合，景龙手起刀落，砍伯宁于马下，追杀败军直至城下。

岳彦真听知大惊，便叫刘知远出马，彦真自登城楼观看。只见知远纵马，背后数百人簇拥知远出城。看他怎生打扮？但见：

戴一顶缨撒火、锦兜鍪、双凤翅照天盔，披一副绿绒穿、红锦套、嵌连环锁子甲，穿一领翠沿边、珠络缝、荔枝红、圈金绣戏狮袍，系一条衬金叶、玉玲珑、双獭尾、红鞓钉盘螭带，着一双簇金线、海驴皮、胡桃纹、抹绿色云跟靴。弯一张紫檀靶、泥金鞘、龙角面、虎筋弦宝雕弓，悬一壶紫竹杆、朱红扣、凤尾翎、狼牙金点铜箭，挂一口七星妆、沙鱼鞘、赛龙泉、欺巨阙霜锋剑，横一把撒朱缨、水磨杆、龙吞头、偃月样安汉刀。骑一匹快登山、能跳涧、背金鞍、摇玉勒黄骠马。

朱景龙见一少年大汉出马，情知是知远。把军士一字摆开，景龙立马横刀问曰："来将莫非刘知远否？"知远曰："既知吾名，焉敢来此对敌？"景龙曰："特来报公子之仇，取汝首级。"言罢，两马相交，双刀并举，斗上三十余回合，知远诈败便走，景龙跃马赶来，被知远回马撒起勒甲绦，束住景龙，活擒过来，放在马上，径入同台城内。将近黄昏，风雨骤至，两边各自收兵归寨。

次日，朱温遣副先锋李凯引军出阵。知远临阵迎敌，令军士把枪挑朱景龙首级于阵前，厉声大叫曰："朱景龙的头已砍在此，汝等见否？"李凯大怒，跃马挺枪，直取知远。两马相交，战到十回合，被知远一刀砍于马下，余兵尽皆走散。知远掩杀，梁兵大败，退至三十里安营。知远于是收军入城。

却说朱温输了二阵，请众将商议。葛从周曰："某今日上山，观同台之西有一寨，约无多军，今夜，彼将谓我军连败二阵，必不准备，可引兵一半劫之。劫得寨，彦真之军必惧，两下夹攻，此为上策。"温从其言，带尚让、齐克让、葛从周、杨彦洪、柳彦璋、傅道昭六员大将，选马步军二万，连夜从小路进发。却说彦真在营犒军，刘知远曰："西寨是个紧要去处，倘或朱温袭之，不当稳便。"彦真曰："彼今输了二阵，如何敢来？"知远曰："温虽无谋，部下葛从周等极能用兵，须防他攻其无备。”彦真曰：“此言极当。”遂拨副将钱元振、赵德、谢豹、华亮来守西寨。

却说梁兵到西寨，果然兵少，四面突入，夺了寨栅，中兵四散奔走。四更以后，钱元振引军杀入西门。朱温见败军复来，自领人马来迎，正逢钱元振，两军混战，将及天明，直西鼓声大振，人报知远军马又到，朱温弃寨而走。背后钱元振、赵德、谢豹跃马赶来，当头知远飞马来到，葛从周、尚让双战不住，温往北山而走。山背后一彪军出，左有岳存训，右有向慎之。温命齐克让、柳彦璋敌之。不利，温望南而走。喊声大振，一彪军出，彦真亲自临阵，带领毕龙、戚豹二副将拦住去路。朱温见四面八方围定，众将皆在后面死战，温当先冲阵。梆子响处，箭如骤雨乱射将来，朱温急回，无计可脱，大叫曰：“谁人救我？”马军队里一将踊出，乃濮州人也，姓庞名师古表字希贤，跃马提二流星锤，重八十斤，大叫：“主公勿虑。”下马脱甲，遮覆温体，左手挟定，步行低头冒箭而去。同台之军，能射者数十骑，近前飞流星锤击之，一人坠马，锤无虚发，众皆奔走。师古复回，飞身上马，提一铁锤乱冲出来。彦真、毕龙、戚豹皆不能挡抵，各自逃生。庞师古赶杀众军，救出朱温。后人有诗为证：

镔铁双锤八十斤，同台城外显功勋。
希贤救主闻天下，勇猛当先第一人。

师古救了朱温，寻路归寨。看看天色傍晚，背后喊声大震。刘知远赶来大叫：“逆贼休走！”此时人马困乏，口内生烟，面面相觑，各欲逃生。温心正慌，西上一彪军到。温视之，乃邓季筠引生力军来救，接住知远大战，黄昏大雨如注，各自引军分散。温回寨重赏庞师古，加为领兵都尉。是时，梁兵数日被知远杀败一十七阵，兵虽不退，而城内关防周密，万无一失。

当日知远得胜回营，彦真差人赍酒肉搞赏知远。知远愕然，叹息曰：“大丈夫处世，志在国王定霸，岂图酒肉乎？虽经血战数场，不能寸进，何日得展其志也？”乃鼓剑作歌曰：

浩气冲天贯斗牛，要将社稷一平收。
何时得际风云会，定斩奸臣佞宰头。

是夜，知远睡卧不安，起来帐内秉烛看书，自觉神思困倦，伏几而卧，鼾睡如雷。时彦真一女名曰玉英，与一使女乘夜出院步月。忽然望见营内红光一道。闪烁耀目。二人疑为火发，近前视之，乃一将士熟睡于此，果然红光罩体，鼾声如雷。二人吃了一惊，急忙转归私宅来，告知其父。父曰：“待我自去看他。”视之，果是知远。数日战倦，故此熟睡。“向来累有异能，真帝王气象。今夜之事，只你我知之，不可漏泄。”是夜各自安歇。

次日彦真备酒，请知远贺功。酒至半酣，彦真曰：“今日此酒专为足下而设。某有一事，今以实告。累蒙足下建功，无以补报，某有一女，名曰玉英，年方二八，愿与足下为妻，意下如何？”知远曰：“某乃一小卒，大人乃朝廷元臣，以令爱而配末卒，正所谓贵贱不伴。某安敢望此？”彦真曰：“今敌朱温逆贼，别无英雄，唯足下耳！某等之命，皆赖足下，望乞勿辞！”知远跪谢曰：“诚如此，愿当犬马之报。”彦真大喜，唤女玉英与知远当日成亲，更命安排花烛筵席，翁婿尽情欢宴不在话下。逸狂诗曰：

战倦回营睡正浓，红光紫雾罩真龙。
玉英望见非凡相，岳使惊知有帝容。
备酒媾姻酬智勇，结缘事女报奇功。
同台不是知豪杰，怎敌奸臣贼子锋。

第二十八回

# 李晋王同台解围

却说朱温升帐与众将商议，温曰："吾率大兵至此，将谓踏平同台的城池，不想累败于饿夫之手。今吾亲自领兵，再去与知远大战。"当日下战书，单搦刘知远来日决战。

却说知远出帐，请公子存训密授计策，如此而行，又唤钱元振授计去了。次日领兵出城，两军相近，各将军马摆开。梁军开处，众将并随朱温出于阵前，且责之曰："吾与王铎二家成其秦晋，汝乃沙陀饿夫，不识时势，强欲相助，抢夺儿妇，杀吾世子，理宜报仇。速出来马前受缚，免致百姓受苦，军士稍稍得其全生矣！"知远曰："王铎良臣，岂肯与逆贼媾好？汝为唐臣，世受唐禄，逼君谋爵，罪不容诛。"温曰："吾今日与汝一战，若能胜我，即自回兵。"知远大怒，抡刀直取朱温。二人战上五十余回合，不分胜负。知远取鞭在手，大喝一声，朱温躲避不及，中了一鞭，抱鞍吐血，拨马而走。知远飞马赶来，看看赶上。不防朱温暗取雕弓，搭箭当弦，回马望知远一箭，正中左腿，知远翻身落马。朱温部将齐克让杀出，却得岳存训、向慎之两个救回营去。梁兵并至，邠州兵自相践踏，死者无数。朱温于是引得胜军回寨。

二将救知远入城，急命医生治之。医士曰：“此箭头有毒药，急切难痊，可要一月将息。”知远令三军坚闭城门，不许轻出。次日朱温遣葛从周引军来城下搦战，岳存训按兵不动。梁兵骂至日暮，四面围定。知远与彦真曰：“温贼知我箭疮疼痛，不能出战，攻围日急。谁可往太原来救于晋王，请得勇南公兵来，方可退贼。”谢豹应声出曰：“某愿前去请兵。”彦真曰：“但恐不得透出重围。”豹曰：“大丈夫视死如归，何所不至？”彦真修书与豹藏之，令钱元振送出。于是开了城门，元振当先杀出，正遇梁将李彦洪，斗上数回合，彦洪败走。谢豹乘势杀出，投太原而去。钱元振退入城中，闭门坚守。

却说李晋王镇守太原，闻知岳彦真被围，与诸将正议间，忽报邠州差将谢豹至，遂召入问之。豹禀曰：“朱温攻围邠州甚急，主帅有书求救，望大王早发大兵，上为国家讨贼，下救一郡生灵。如或少迟，城必陷矣！”晋王看罢书，与谢豹曰：“此贼正欲讨之，汝宜先回通报，预备军马接应。”谢豹拜辞而回。晋王遂唤李存孝、薛阿檀选精兵二万，往邠州进发。

朱温望见救兵来到，亲引勇猛之士前来迎敌。两边摆开阵势。朱温见晋王兵少，心中无惧，横刀立马于阵前。晋王指定朱温骂曰：“无端逆贼，不思去邪崇正，夺人妻小，真狗彘之不如也。”朱温怒起，持刀，直取晋王。却待向前，一匹马早先飞出，乃勇南公李存孝，手提毕燕村，踊跃而来。朱温见是存孝，遂弃刀不战，放马逃生，径奔汴梁城去。三军散漫，各自奔走，自相践踏，死者不可胜计。晋王遂自收兵。彦真大开城门，迎接晋王军马入城，大设筵宴，重赏众将。停歇一日，次日晋王军马，望太原而去。逸狂诗曰：

英雄中箭急难痊，逆贼攻围固守坚。
书恳勇南兵解救，望风衔甲走无边。

第二十九回

# 朱温计逼五侯反

却说朱温败回汴梁，聚众将议曰：“晋王屡次欺吾太甚，无奈他何。汝众将有何妙计？”葛从周曰：“某有一计，叫克用死无葬身之地。”众人大惊，便问计将安出？从周曰：“此乃故逼五侯反太原之计。今僖宗晏驾，昭宗登位，有五路诸侯未曾朝贺服丧，用此计逼之，必反太原以擒克用矣！”温曰：“是何五侯？”从周曰：“河中王重荣、华州韩鉴、曹州曹顺、兖州周顺、郓州赫连铎，此五路诸侯。大王可假昭宗旨意五道，领着三般朝典，将五侯问罪。五侯一见，必扯破诏书，杀了使命。先逼反了五侯，大王再将金宝结好五侯，一起起兵到泥脱岗，安排筵席，相待五侯。令他们起兵先上并州，去擒克用，然后梁兵继至。若战败时，也只败了五路人马，吾兵有磐石之安。”温大喜，遂假传旨意五道，三般朝典，即差尚让去河中府王重荣处，然后命齐克让遂至各路。朱温亲自操练军马，以备攻击。

却说尚让、齐克让二人去了，不消旬日，果然逼反了五侯。温又将金宝买他们，未及一月，那五路军马，各带文武官将，齐到泥脱冈来，各自安营下寨。温乃宰牛杀马，大排筵宴，款待五侯。酒至数巡，温欠身告五侯曰：“今天下扰乱，各自称尊。吾只受李克用之气不过，皆因他拨乱流毒，以致如此。”王重荣曰：“大王勿虑。今朝廷失政，说我五镇不去朝王吊孝，遣使领朝典来典我，逼反了我五镇人马。既蒙大王厚赐金宝，要吾等人马先上并州生擒克用，某等安敢不从？”温大喜，当日王侯商议进兵之策。温曰：“赫连铎可留下白马高思继，曹顺可留下邓天王，二人攒运粮草，应付诸营，勿使有失。”王重荣问：“谁肯为前部先铎，直抵并州擒贼？”张凯出曰：“某虽不才，愿充前部。”重荣许之。张凯领人马向前，一声炮响，只见旌旗蔽日，金鼓喧天，五侯之兵直上并州，不在话下。

却说李晋王自至太原之后，每日饮酒，更阑方撤。忽报五侯兵到，晋王大惊，急聚众将商议。晋王曰：“此必朱温逆贼用计逼反了五处军马。料五侯决无此意，众将有何妙策？”周德威曰：“今五路军马，远来疲困，当先战他一阵，以挫其威。”晋王复问曰：“谁敢当先对敌？”李嗣源曰：“儿愿对敌。”晋王曰：“可带两路军去。”嗣源曰：“三千人足矣！”李存孝曰：“吾不用许多，只带一百人马，即可破敌。”嗣源大怒曰：“汝甚等人，敢夸大口。”存孝曰：“用人之际，何分你我？”二人似有相争之意。晋王先叫嗣源领三千人马前去破敌，却叫存孝只可带一百人去，二人领令前往。

却说嗣源上马，带三千兵，出林墩口而行。尘头起处，五路兵来，首将张凯出马与嗣源交锋。两将战五十回合，胜负未分。晋王恐嗣源有失，令收兵回营。存孝见队伍回营，即时进曰：“儿曾引十八骑杀入长安，今夜亦只是十八骑，去劫五候之营。如折了一骑，也不算功。”晋王曰：“汝昔十八骑杀入长安，彼皆不知，故能如此。今五侯已有准备，安得成功？”存孝曰：“若劫不得，愿该军令。”晋王调拨帐下精锐马军十八骑，并酒肉赏犒战士。存孝对十八人曰：“今夜奉命劫寨，请公满饮，各宜勉力。”十八人面面相觑，皆言五路之兵，势若泰山，如何敢去？存孝见众人各有难色，乃拔刀立于其中曰：“我为上将尚且奋不顾身，汝等为何惧怯？”薛阿檀与安休休众人，见存孝怒起，皆起身曰："愿效死战，何惧之有？"

夜将三鼓，众将披挂上马，来至敌寨，直杀入王重荣寨中，奔中军而来。原来王重荣寨中，以车仗穿连不断，周围绕定，不能前进。只凭十八骑左冲右突，往来驰骤，如入无人之境，逢者便杀。各寨尽皆鼓噪，烽火烛天，喊声大振。存孝望南杀出。敌军莫敢抵对。晋王使人引军接应，存孝十八骑人马早已回至林墩口。五路兵见是存孝，莫敢追袭。后人有诗赞云：

击鼓声喧震地来，将军到处鬼神哀，
轻骑冲入五侯寨，方显英雄虎将才。

逸狂有诗赞曰：

甘宁百骑劫曹营，威振东吴至此称。
曾似勇南兵十八，五侯破胆尽皆惊。

存孝引军回时，点将十八人，不折一骑。来至寨门，众将欢声大震。晋王亲自出接，存孝下马，拜伏道左。晋王曰："只此一战，足以惊丧五侯之胆。"即赐绢十八匹，刀十八口，存孝受下，分赐十八人。

却说五侯被存孝劫了寨，互相惊惧。赫连铎曰："今日吾等皆被迷惑，全中了梁王之计，不该受他金酒，把五路兵尽丧于此。倘存孝明日复来搦战，谁敢当之？"张凯进曰："吾既为先锋，当先破敌，岂惧彼哉？"次日张凯引军搦战，存孝亲自上马，左有薛阿檀，右有安休休，三军在门旗下迎敌。赫连铎纵马提刀而出，左有谢瑁，右有张凯。安休休挺枪直取赫连铎，两下战到八十余回合，胜负不分。不防后面暗射一箭，正中安休休座下马胸膛，那马直立起来，把安休休掀在地下。张凯提枪欲刺，只听得弓弦响处，一箭射中张凯面门，翻身落马，众军合出救了回去。赫连铎退回，医治张凯。安休休回寨，拜诉存孝。存孝曰："放箭救汝者，薛阿檀也。"安休休顿首拜谢。逸狂诗曰：

赫连铎自战休休，射马先输暗算筹。
神箭阿檀施报复，可怜张凯丧荒丘。

第三十回

# 存孝活捉邓天王

却说张凯中箭回寨而死。五侯商议传令调拨马军，当先冲阵，众分五路，私袭林墩口。中一路王重荣，左一路赫连驿，左二路曹顺，右一路周顺，右二路韩鉴，每一路约军一万，来到太原，解鞍歇马。此时存孝对晋王言曰："五路军士，远来至此，身疲力乏。吾兵养成锐气，以逸待劳，若趁此擒之，不显儿是好汉。待他人马休息了三日，再去杀他，叫他死而无怨。"晋王曰："吾儿存心仁义，谁能及之！"至是，见五侯兵来冲阵，遂自披挂，提毕燕槊，纵马出阵。只见对阵门旗开处，二十八将，一拥齐来，被存孝举起浑铁槊，不移时，力诛一十五将，余军惊散，各自逃生，杀军大半。是日天色已晚，存孝领兵退入并州城去。

却说邓天王运粮到寨，参见五侯。天王问可曾与晋王兵对阵否？众将皆曰："已曾交战数阵，被存孝力诛一十五将，退入并州去了。"天王长叹一声曰："誓杀此贼，以雪前耻。"即便绰枪上马，径到并州城下索战。有人报知晋王，晋王半晌无语，谓存孝曰："不知此贼尚在，你昔年放他去学全武艺，已经一十二年，只怕你今日敌此贼不过。"存孝曰："父王休长他人志气，灭自己威风。此贼又到，吾必擒之。”遂披挂上马，领兵出阵，向前厉声骂曰：“打不死的逆贼，尚敢来此！昔日黄桑店被吾所擒，放声大哭，吾即放汝回去，学全武艺。今日莫非又来哭乎？”天王大怒曰：“吾昔日误中奸计，以老母尚在，欲全孝道，故发悲恸。今吾母已死，又学全了万人之敌，正欲斩汝首级，以雪前耻。”遂拍马挺戟，直取存孝。存孝持毕燕挝来迎。两马相交，未及数回合，存孝逼开戟，大喝一声，天王措手不及，被存孝活擒过马。早有小卒报与晋王。晋王大喜，急叫：“吾儿且休放下邓天王，待我备了贺功的酒，以显吾儿的威风。”此时，存孝在马上遂连饮了三杯，方把天王放在地下。军士一起拥向前来，将天王捆缚来见晋王。晋王此时也不问他是非，喝令武士推出斩之。逸狂诗曰：

黄桑昔日放天王，十二年来不忖量。
母死艺精无别虑，片时斩首自求亡。

却说存孝正在歇息间，忽然往后而倒，口吐鲜血，不省人事。左右人救醒，扶至帐中。众将皆来动问，不知其意，尽愕然相顾，言曰：“五侯拥貔貅之众，虎踞鲸吞，不争此人如此，怎挫其威？倘彼兵再来搦战，如之奈何？”众人互相惊叹。原来存孝战了一日，用尽气力，满腔热血，连饮三杯冷酒，把那血逼住了；又卸去甲，中了风疾，心腹作痛，神思昏迷，寝食俱废。唤医者剂药调理，医者曰：“此疾乃风邪入内，急切难痊，须要一月将息，方可痊愈。”晋王令三军坚守各寨，不许轻出。

却说三日后，高思继运粮至寨，闻知众将屡次杀败，即时领兵前来搦战。晋王按兵不动，骂至日暮而回。次日又来，连骂三日。晋王恐存孝怒气激动，不敢报知。高思继直来寨前叫骂，要活捉存孝。晋王三番五次，只是遮掩，不使存孝知之。存孝虽在睡卧，心中已自知道连日直来寨前叫骂。

一日，高思继亲自点军擂鼓呐喊前来，直抵城下搦战，晋王拒住不出。存孝命军士唤安休休、薛阿檀二人入帐问曰：“何处擂鼓呐喊？”二人答曰：“乃是军中教演军士。”存孝曰：“何欺我也！吾闻五路军到城下辱骂几次，父王不令我知之。汝众兄弟为何不出？”二人答曰：“只为吾兄患疾，医者云慎勿使愤怒，则此疾即愈，故此不敢擅出。五侯之兵，果然连日在城下搦战，只是不敢报知。”存孝曰：“汝等不战，立意若何？”阿檀曰：“众兄弟皆欲暂且按兵不动，待吾兄病愈，然后出战。”存孝听罢，愤然起而言曰：“大丈夫既食君禄，当以马革裹尸，岂可为吾一人而废国家大事也？”言讫，即欲披挂上马。晋王知之，急来帐中止曰：“汝病未痊便欲出阵，恐怕力不敌众，则三军丧胆，锐气尽挫，军势不能复振。吾儿不必愤怒，我即遣人出战。”存孝于是止之。嗣源奋然曰：“贤弟未可造次，军马临城，若不出战，是吾怯也。愿领一千军，决一死战。”晋王从之，令嗣源同周德威、樊达点马步军一千出城迎敌。

却说李嗣源领兵出城，亲自当先，持刀跃马而来。且看来将如何打扮？但见：

凤翅盔，高攒金宝；浑金甲，密砌龙鳞。锦征袍，花朵簇阳春；锟铻剑，腰悬寒光喷。绣腿绀绒圈翡翠，玉玲珑带束麒麟。

上首的是神机军师周德威，足智多谋，经文纬武，惯使双刀。有词一首，但见：

如意冠，玉簪翠笔。绛绡衣，鹤舞金霞。精神凛凛映桃花，环佩叮当斜挂。素道服，皂罗沿襈。紫丝绦，碧玉钩环。手中羽扇动天关，头上纶巾傲岸。贴里暗穿银甲，垓心稳坐雕鞍。胸中韬略鬼神瞒，文武双全师范。

又诗一首赞云：

天意生贤佐，残唐周德威。
胸中藏武略，心上运玄机。
智勇张良并，才能范蠡欺。
扫除巢贼乱，青史誉皆知。

下首是跳涧虎樊达，挺枪立马。后人亦有诗赞之云：

生居邺郡称英勇，惯使长枪气最雄。
跳涧虎名夸有力，试看此战可成功。

三人立马于阵前。五侯遣白马高思继领兵二万，布成阵势。思继将人马分作两队，列于步军之侧，势如两翼。左右马五十匹，大半皆是白马，高思继曾与羌胡交战，尽选白马为先锋，号为白马义兵，羌胡远见白马便走。怎见得思继英雄？但见：

戴一顶三叉紫金冠，冠口内拴两根雉尾；穿一领衬甲白罗袍，袍背上绣三个凤凰。披一副连环镔铁铠，系一条嵌宝狮蛮带。着一对云跟鹰爪靴，挂一条护项销金帕。带一张鹊画铁胎弓，悬一壶雕翎铍子箭。左手执一面金兽面防牌，背插飞刀二十四把；右手使一条浑铁点钢枪，座下一匹银色梅花马。

百步斩人，无有不中。又有五言诗一首，赞高思继勇壮云：

白马高思继，征胡屡有功。
防牌悬猛兽，拭剑插飞熊。
义勇真无敌，雄威不众同。
渠知存孝病，诸将畏交锋。

当日两军对敌，思继出马，与李嗣源更不答话，共战四五十回合。思继诈败逃走，嗣源引军赶入阵来。谁知思继已先埋伏，用手指挥，五千兵一起围定。嗣源在中间左冲右突，不能得出，周德威与樊达各自溃散。晋王在城上，望见嗣源困于垓心！慌问众将，谁人出马以救嗣源？薛阿檀曰：“小将愿往。”晋王遂命阿檀披挂上马，引部下壮士数十骑出城。晋王领将士在城上擂鼓呐喊，以助其威。阿檀引军离敌兵数里，遥与嗣源招呼。阿檀大叫一声，飞渡浅沟，众皆奋力而过。阿檀独自当先，奋力杀入。对阵副将谢墨迎之，不能抵敌而走。阿檀直至垓心，救了嗣源。回头看时，尚有数十骑在阵中，不曾离得重围。阿檀复回，杀入阵中，所到莫敢挡抵，再救出这一彪人马。正遇高思继拦住去路，被阿檀奋武冲散。嗣源跃马混战，五路军马大乱。安休休亦引军士大战敌兵，缓缓唱凯入城。未知如何，且听下回分解。逸狂诗曰：

白马将军久战持，嗣源受困计无施。
阿檀奋勇冲开阵，谢墨奔逃始解围。

第三十一回

# 存孝病挟高思继

却说李嗣源败了一阵，得薛阿檀引兵救援，退入城中，坚闭不出。高思继日夕在城外搦战。存孝病不能起，晋王亲自煎药，遣康君立、李存信二人送至存孝帐内。晋王吩咐二人，若存孝有问，只说不曾对敌；若说高思继是好汉，必然怒激存孝，其病难好。二人领命去了。当日康君立对存信道："这老汉用人不当，一般皆是太保，偏他爱牧羊子。不如先对存孝说思继好汉，先气死了这贼。"存信曰："此言正合吾意，即可行之。"

却说存孝染病在床，人报康君立、李存信二人来探病症，存孝遣人迎接二人入见。存孝以被蒙头而卧，君立曰："汝病若何？"存孝曰："心中怄气，药不能用。"君立曰："适来老父遣吾二人径送药来，服此即愈。"存孝曰："吾染病许久，不知五侯之兵曾与交战否？"康君立曰："自汝染病之后，新来一将，姓高名思继，是赫连铎手下部将；使一面防牌，背插飞刀二十四把，百步取人，无有不中；右手使一条浑铁枪，有万夫不当之勇。被他杀败七十二阵。今日老父引领五百家将、十二太保出阵，又被杀败大半。看来世上英雄，只有此人。兄弟虽然人称好汉，亦不及此人矣！"存孝听罢大叫曰："苦哉，气煞我也！誓杀此贼，以彰吾志。”原来存孝激怒，浑身是汗，遍体生津，“卸甲风”出了这一身冷汗，其病即愈。遂叫备过五名马来，乃披甲上马。诸将见者无不骇然，引数百骑出城来望。

高思继兵已布成阵势，思继自立于门下，扬鞭大骂。存孝从群骑后突然而出曰：“高思继匹夫，见勇南公否？”五侯兵看见尽皆惊骇。思继大怒，挺枪直取存孝。存孝挺毕燕村来迎，二人战上十余回合，存孝逼开枪大喝一声，正是“战马宝鞍空退出，提溜拿过马鞍来”，径进并州城。五侯人马各自惊慌，逃回本镇。

存孝将思继放于马下，众将一起向前捆缚，来见晋王。晋王喝令斩之，存孝告曰：“父王赦之，留与儿部下听用。”晋王从之。思继泣曰：“纵大王不杀，吾亦不用这性命矣！”存孝曰：“汝不愿跟吾，告父王放你若何？”思继曰：“果肯放回，你是有仁有义的好汉，吾到山东，誓不与人相持矣！”存孝曰：“何为如此？”思继曰：“我在死里复生了一遭，这一去‘苦身三顷地，付手一张犁’，改恶而从善矣！”存孝曰：“只今便放你去。”随即放起，予了衣服，赐之酒肉，临行又赠鞍马，差人直送出城。思继拜谢，往山东而去。逸狂有诗一绝赞云：

英雄自古惜英雄，义释高郎此日中。
从是一犁归去后，短蓑春雨夕阳风。

却说李晋王见五侯人马退去，内外无事，回入后宫，欣欣然而有喜色。刘妃进曰：“妾每见大王常时眉头不展，脸带忧容，以国家为虑，何今日如此喜也？”晋王曰：“五侯倚着高思继雄势，逼临城下，累败吾兵。今日存孝带病挟了高思继，退了五侯人马，如何不喜？”刘妃曰：“此人累有大功，先灭黄巢，恢复唐室天下，吾等富贵，实赖此人也。古人以德报德，大王何不将沁州封他镇守，使其快乐，岂不为美？”晋王曰：“汝见甚明，吾正欲如此。”遂使人唤存孝来，晋王曰：“汝自随我数年，苦争血战，日夜不得休息，吾受富贵，皆赖汝恢复之力。今天下略定，合宜封爵以报汝功。沁州富饶之地，鱼米之乡，封汝去镇守，独霸为王，受享富贵何如？”存孝曰：“儿有甚功劳，敢当此职，又抛离膝下？”晋王曰：“汝勿辞，可领人马二万、副将六员，即日上任供职，勿使有失。”存孝顿首拜谢，便领人马径上沁州赴任去讫。

却说晋王部下众将中，只有康君立、李存信二人不服存孝，常有谗谮之意。当日见晋王封出沁州，心甚忌妒。君立遂与存信商议曰：“父王待人，何有轻重？把这牧羊子爱如金宝，言他在并州不得自在，今封在沁州受其富贵。吾等亦有汗马之劳，何待人如草芥也？”存信曰：“存孝出外，正好行事。吾思一计，使存孝死无葬身之地。”君立便问计将安出？存信附耳低言数句“只消如此如此”。君立曰：“此计甚妙，可急行之！”

商议已定，次日二人入见晋王，告曰：“儿等久因不习武事，身体疲倦，二人欲去打围一遭，请父王尊旨。”晋王许之。二人即上马，持弓搭箭，出了并州，径投沁州而来。早有小校报知存孝，存孝降阶而接。三人相见，叙诉兄弟之情。存孝设席，酒至半酣，存孝曰：“有劳下顾，何事见教？”君利曰：“专为吾弟一事，特来报知。自汝到沁州之后，老父终日耽乐酒色，不理政事。有大将呼延谏阻，老父大怒杀之。称言五百家将、十三太保，只有一个亲儿子，余都是义子。叫众人都出了姓，原姓赵今还姓赵。吾弟却不姓李，原名安敬思，可竖起安敬思的旗号，以别骨肉亲疏。”存孝大惊曰：“吾父真老悖耳，岂有此理！吾宁就死，不敢出姓。”存信曰：“既不出姓，老父令剑在此，叫我二人斩汝首级，去见父王。”康君立曰：“兄长相随数年，尚不知老父性如烈火，既有令剑，即可改之。”未知存孝肯从否？且听下回分解。

第三十二回

# 五牛挣死李存孝

原来存孝实是有勇无谋，一闻此语，遂使人按倒原旗。一声号令，不移时，城上竖起一派尽是安敬思的旗号。二人辞别，还到并州。

却说康君立与李存信来见晋王，拜伏于地。晋王曰：“吾儿打围何如？”二人曰：“围也不曾打得，倒与父王打听一件大事来了。”晋王曰：“是何大事？”二人曰：“不料沁州已反了存孝矣！”晋王失惊曰：“存孝忠义之人，如何肯反？”君立曰：“吾二人眼见明白，他既不反，因何出了姓？城上一派旗号，尽是安敬思的姓字。”晋王怒曰：“虎儿不可养也！果是出姓，急去擒此贼来杀之。”言未绝，闪出刘妃，向前告晋王曰：“妾见存孝赤心报国，累建奇功，故劝大王封出沁州。今反情未见，况是二人素与存孝有隙，听闻其语，便欲擒杀此人，恐其中有诈。妾与嗣源径上沁州打听虚实，然后杀亦未迟。”晋王从之。

于是母子二人，即时上马，径投沁州进发。行了数日，已到沁州城下。母子遥望城上，果然尽是安敬思的旗号。刘妃大惊曰：“事已实矣，果改旗号！此人反面无情，恐中其计。”母子勒马便走。此时存孝与六将正在巡城，忽见刘妃与嗣源到城下，看了一番，急下城来追赶。大叫："老母！大兄！缘何竟不进城来，勒马便回，此是何意？"此时母子只说反了存孝，遂跳下马来，大叫："勇南大人，乞饶母子二人性命，可看昔日薄面。"存孝听闻大惊，急下马来，跪于路侧告曰："存孝有什么异志？"刘妃曰："汝在沁州，爵位已极，富贵足矣，因何反了？"存孝曰："是谁说来？"刘妃曰："你既不反，如何城上打着安敬思的旗号？"存孝听言，遂将康君立前事细说一番。刘妃骇然曰："你中了逆贼之计，可急到父王面前分诉明白。"于是三人一同上马，径投并州城来。

却说君立、存信望见母子三人回来，君立对存信曰："事不谐矣！倘此贼到老父面前诉说明白，漏泄此事怎了？""此事不妨，吾有一计：假传父王令，言说贼犯黄河，调你母子二人带领人马，前去截杀，去迟者斩首军前号令。二人若去，吾与你便无事矣。"君立然之，一依其言。果然刘妃与嗣源闻此语，不敢停止，二人遂往黄河截杀，只留下存孝到晋王面前分诉其事。

是日天色已晚，晋王深有酒意了。人报存孝自沁州来见，晋王曰："吾已醉矣，醉后不言公事。吾儿远路劳神，且向后宫里去，来早再说。"君立知晋王之意，暗谓存信曰："乘老父迷睡不起，先将存孝杀了，以绝后患。"存信曰："此计其妙，便可行之。"于是君立即假传父令，言存孝反叛，擒出辕门，五车挣之。此时存孝欲进宫诉说，四下皆康君立心腹之人，不能得入。存信曰："老父怒汝，立等回报，安敢再入？"急使军人将存孝捆缚，用五辆车来，各系一牛，分五队，号令一声，五下鞭开牛去。只一挣，被存孝把身一纵，都纵到身底下来。原来五车上有五五二千五百石重，五牛之力不计多少，存孝一生力大，是以皆被纵到身底下来。以此较之，存孝一臂有二万五千斤之力，两臂有四象不过之勇。存孝大叫："我得何罪，将五牛挣我？"言未绝，只见半空中现一金甲神人，叫存孝不得挣挫，"吾奉千佛牒文玉皇敕旨，你原是上界铁石之精降临凡世，今日功行完满，取汝归天，若是迟缓，神人夺了你的座位。”存孝听后思忖：“既上天叫我，安敢不从？”遂叫军人：“这等如何挣得我死？除非是将剑割断我手足之筋，吾即死矣！”当下君立传令大喝，五下里挣响一声，存孝躯分为五块。存孝亡年三十六岁，时天复三年秋九月也。后来史官有诗赞云：

两岸西风起白杨，沁州存孝实堪伤。
晋中花草埋幽径，唐国山河绕夕阳。
鸦谷灭巢皆寂寞，并州尘路总荒凉。
诗成不尽伤情处，一度行吟一断肠。

后来宋贤吊存孝挽诗云：

鸦谷遗蹀迹，英雄有将声。
威容赛夏育，风味若陈平。
常领三千士，破除百万兵。
并州天命尽，谁不痛伤情。

第三十三回

# 晋王痛哭勇南公

却说晋王正在宫中熟睡，宫人来报五车挣死存孝，吓得晋王汗流浃背，魂不附体，急跑出殿前来视之，存孝已死，挣为五块。晋王大哭数声，往后便倒，昏厥于地。左右急救，半晌方苏。晋王问谁杀存孝，左右细说前因。晋王曰："存孝已死，只吾休矣！"此时君立、存信逃去不远，晋王遣人追之，半路捉回，正欲碎剐，忽报刘妃还宫，晋王急令接入。

原来刘妃与嗣源径到黄河界口，绝无动静，知是二人用计，急回并州，知存孝被挣死，直来见晋王。刘妃曰："君立、存信如此无礼，罪不容诛。请大王剐此二贼，为存孝报仇。"晋王曰："存孝如此，吾岂能独生哉！"

正在恸哭，忽见一彪人马飞奔而来，众视之，乃存孝之妻邓瑞云也。瑞云知此消息，带领六将到来，放声大哭，昏厥于地，三五番几死。众军无不哀恸。瑞云再三上言曰："今存孝死于不幸，大王念父子之情，早为报仇。"

当日具棺椁，盛装存孝尸首，停于正庭。六将挂孝，军士举哀震地。晋王唤武士将君立、存信二贼倒浇一对照天蜡烛，在于柩前，请高僧做水陆大醮超度，复图存孝仪像挂起，晋王亲自设祭一坛，祭文曰：

呜呼勇南，天下战士，古今无双。何天不吊，令死于奸人之手，使我恸伤。呜呼！吾今年八十，儿今既死，吾料随亡。吾今取二人于市，熬油点烛，照尔幽光。尔冤既白，尔仇亦报，尔名孔扬。呜呼勇南，魂其有知，曷维尚飨。

后人读史至此，有诗叹云：

存孝英雄独古奇，开疆展土定华夷。
当时恨杀丹青手，不画山前打虎威。

晋王伤悼不已，往棺前欲拜下。德威急向前止之曰："不可！大王，父也，存孝，子也。岂有为父而拜子之理乎？"晋王乃止。晋王曰："吾岂不知也？但以先死为神，吾之哀毁踰礼，不觉行于此耳！"后人有诗云：

李存孝能文能武，火黄巢盖世功名。
是晋王不合拜子，也须知先死为神。

当时报入长安。昭宗知存孝已死，念存孝英雄冠世，有恢复之功，大加恸切，遂遣官具礼前来致祭。晋王请使者入见了，始知昭宗遣周德威代祭。德威就将祭品摆列存孝灵前，亲自奠酒拜下，令赵文宗读祭文曰：

"惟大唐天复三年秋九月上旬，祭主大唐昭宗皇帝，遣兵部大司马周德威，谨以清酌庶羞之仪，致祭于敕封镇守沁州地方协理军务，飞虎将军、勇南公李存孝之灵曰：呜呼存孝，不幸横亡！天高日短，无人不伤。伏念生居朔漠塞北之方，长自飞虎灵求之峪。灭黄巢扶僖宗复入长安；诛奸党立昭宗建都天下。官居一品，加为勇南公之职；势压诸邦，亨飞虎将军之誉。唯君正宜享富贵于高堂，岂期命早丧于奸谗。人之死没，自古难免，不料君父以酒误害忠良！将二奸尽行诛戮，与汝雪恨。将军阳世不将金印挂，阴司多握鬼兵权。呜呼哀哉，尚飨！

德威祭毕，泪流满面，哀恸三军。晋王自叹曰：此事非干别人，只是我以酒误害忠良，致有此失。”遂自感叹一诗云：

终朝饮酒醉醺醺，耳听谗言害好人。
破巢之时用存孝，太平不见勇南君。

第三十四回

# 梁兵劫夺勇南柩

当日，晋王令邓瑞云同六将带领三千人马，保护存孝灵柩葬于灵求峪，安灵守孝。六将领命，径上去讫。早有细作报入汴梁，朱温大喜，曰："李存孝已死，吾无忧矣。"今又见军士护丧葬于灵求峪内，急遣尚让等七将领兵前去夺存孝灵柩。

七将领命，正行之次，忽见前面一彪人马尽打红旗，当头截住去路。为头闪出英雄，身长一丈，膀阔三停，赤脚蓬头，膂力过人，乃寿章人也，姓王名彦章。因存孝巡行河北之时，在淤泥河相遇，二人斗了数回合，被存孝连人带马打落岸下。彦章誓言，存孝若在十年，十年不出，除是死了存孝，才敢出名。径上寿章，隐姓埋名。今探听存孝已死，引了人马，欲来投奔梁王。正值七将兵至，彦章拦住大呼曰："吾乃浑铁枪王彦章也，来的人马何往？"葛从周曰："吾等梁王手下七将，今我王命领兵前去灵求峪，劫夺李存孝灵柩。"彦章曰："汝等错矣，君子不念旧恶，人死不计旧怨。存孝亦是好汉，只因晋王恃酒误死，抢他尸首何益？不如引我去见梁王，陈说和解之事。"七将从之，合兵一处，径到汴梁城来。

七将入见，朱温曰："李存孝尸首如何？"葛从周曰："不曾抢得，只与大王寻得一个前部大将。”温问曰：“是谁？”从周曰：“此人真定寿章人氏，姓王名彦章。”温曰：“闻名久矣，吾正欲见此人。”从周引彦章至殿下，温即欠身相迎。彦章下拜，温答半礼。温曰：“足下近在山东，正欲遣人来请为将，破灭李克用，共图霸业。今日得遇，三生幸矣！”彦章曰：“李克用死了存孝，其势已孤。臣视之，乃疥癣之疾，不足介意。大王欲取天下，不如先图了昭宗，再擒晋王未迟。”温大喜，即封彦章为天下兵马大元帅，设宴犒劳，便问彦章图昭宗天下之计。彦章曰：“臣见昭宗驾下宠着一人，姓李名英，现任丞相之职，今在长安秤金卖官。大王亲将金宝贿赂他，只说长安是久反之地，汴梁是兴隆之邦。李英贪得，见利忘主，必奏准朝廷，赞成此事。先领旨到此盖造皇宫，然后用计把驾迎上汴梁，那时以图昭宗，有何难处？”温曰：“此计甚妙。我若得了天下，富贵与汝共之。”

商议已定，次日朱温即自收拾金宝，带领数百铁骑，各带轻刀短箭，径上长安。不日，已至李英宅前下马。小卒入报，李英降阶而接，到堂上坐定。叙茶已毕，温曰：“丞相别来无恙？”英曰：“仰赖福荫，略得清安。大王久不相见，有劳车顾。”温曰：“恭维大人现居元辅之职，臣扶社稷，不胜至喜。今有黄金百锭、珠玉一斗，外有良马一匹，日行千里，渡水登山，如履平地，名曰玉骢，某不敢乘坐，特来并献与丞相，以助虎威。”英听罢便令带过来看，果然那马身上火炭般赤，无半根杂毛，头尾长一丈，蹄带项鬃高八尺，嘶喊咆哮，有腾空入海之状。李英见了大喜。有诗单赞玉骢马云：

奔腾千里荡尘埃，渡水登山紫雾开。
掣断丝鞭摇玉辔，火龙飞下九天来。

英谢温曰：“大王与此金宝龙驹，某将何报之？”温曰：“些小微物，岂望报乎？丞相肯为，只在数句言语之间而已。”英请问其故。

温曰："某见长安是久反之地，不及汴梁是地广人稠永远兴隆之邦。丞相只须奏准朝廷，与吾领了旨意，到汴梁盖造皇宫，请驾迁都，便是丞相大功绩也！"英曰："大王见主上衰弱，时势已去，莫非要图天下否？"温半晌不答。英曰："明日便奏朝廷发旨意与你，领上汴梁盖造皇城。待吾指日把驾拐上汴梁，让位与你，有何不可？"温曰："诚得如此，丞相富贵无比。"

二人商议已定，次日昭宗升殿，近臣报言："今有梁王朱温，欲见陛下。"帝曰："可急宣来。"温入见，拜伏阙下，口称万岁。帝曰："卿到此有何见奏？"温曰："臣见长安久反之地，干戈扰攘，不得休息。臣守汴梁已久，知是兴隆之邦。奏过陛下，请旨盖造皇城。完日，请陛下迁都汴梁。"帝曰："卿言须当与文武商议。"言尚未尽，只见班部中闪出一臣，面如红枣，突眼虬髯，威风凛凛，胆量过人，上殿奏曰："大梁朱全忠，真忠君爱国之臣也。"此人是谁？乃丞相李英也。帝问英曰："此奏可乎？"英曰："大梁王所奏，金石之论也。难得此人忠于王室！既有如此好处，陛下急宜从之。"帝正在犹豫，群难臣皆言不可。"龙不离海，虎不离山，陛下安居大位，岂可远离乎？臣料汴梁万不及长安，怎见得长安好于汴梁？"古人有诗为证：

自古兴隆地，周秦汉代修。三川花似锦，八水永长流。
起盖咸阳殿，凤阙对龙楼。华夷图上看，天下最为头。

朱温曰："你众文武说长安好处也只如此，且听我说汴梁好处。古人有诗为证：

王气腾腾彻比霞，祥云缭绕照京华。
宝妆楼阁侵银汉，玉殿亭台护绛纱。
四时不绝山川景，八节常开琪树花。
年年三月登高望，香满梁园百万家。

昭宗听罢朱温诗句，心下万千之喜。遂唤曹中书达填写旨意与朱温，领去汴梁盖造皇城。“朕即遣官军，将长安府库钱粮都攒运至汴梁，选日请朕建都。”温领旨出朝，暗思此等昏君，中了吾计，好似一盏孤灯天晓月，算来活也不多时。

温行了数日，已到汴梁。遂起民夫搬运土木，唤良匠盖造皇城。雕梁刻栋，绘凤描龙，未及半载日期，工程已成，比长安宫室华丽又加十倍。却说朱温盖造已完，便遣王彦章先领人马三万，前至霸陵川界，以候接应，亲自径上长安入朝见帝。帝曰：“朕差卿盖造皇城如何？”温曰：“臣领旨盖造，今已完备，特请陛下到汴梁建都。”昭宗大喜，当日聚文武于朝堂。帝曰：“唐室西都二百余年，气数已衰。朕观气色在汴梁，先遣梁王盖造宫殿，朕欲迁都东幸，汝等各宜促装。”学士陈辉谏曰：“长安久业之地，今无故损宗庙、弃原陵，恐百姓惊动，必有糜沸之乱。天下动之至易，安之甚难。望陛下明鉴。”帝怒曰：“汝欲阻国家之大计耶？”平章事朱朴亦谏曰：“陈学士之言是也。想祖公神尧高祖皇帝，东征西荡，挣成一统天下，亦不易得。今圣上至汴梁，必中朱温之计矣！”李英急上言曰：“这一起臣僚，有失君臣之礼，可以斩之。”帝闻奏，即日罢朱朴、陈辉之官，贬为庶民。未知后事如何，且听下回分解。

第三十五回

# 唐昭宗迁都汴梁

帝出上车驾，驾前二人跪下，视之乃尚书周侃、左仆射伍习。帝问有何事。侃曰:“今闻陛下欲迁都汴梁，故来谏耳。”帝大怒曰:“朕心喜上汴梁，如何苦谏?”即令武士拽出都门斩首，百姓莫不垂泪。

下令迁都，来日便行。此时装载金银缎匹玩好之物，数千余车，径往汴梁去了。却说昭宗方才到了霸陵川，忽见旌旗蔽日，尘土遮天，一阵人马到来，百官尽皆失色，帝大惊。大将军杜友年出马曰:“来者何人，敢拦圣驾?”绣旗影里，王彦章出马，应声便问:“天子何在?”帝战栗不能言，群臣闻知皆无所措。王抟向前叱之曰:“来者何人?”彦章曰:“大梁王前部先锋王彦章是也。”王抟曰:“汝来劫驾?汝来保驾?”彦章曰:“奉梁王旨，特来保驾。”抟曰:“既来保驾，天子在此，何不下马?”彦章大惊，慌忙下马，拜于道左。帝以言慰抚，彦章拜谢。

帝入汴梁城，是日登殿，百官朝贺，各依位次侍立。自是朱温纵横朝廷，谋立异志，内外之兵，尽归掌握。温请丞相李英曰:“吾欲杀昭宗，自立为帝何如?”英曰:“可就此时行事，迟则有变矣。来日于偏殿排筵，只说与朝廷洗尘。再奏过帝，此离宫门不远，不好出入，讨个执照。大王可选下好汉，埋伏彼处，亲自带剑上殿，索取天下。帝若不与，只此杀之。”温甚喜，即便叫人排筵会于偏殿，来日请帝。

次日昭宗升殿，温奏：“臣欲于王府安排筵宴，与陛下拂尘，臣不敢请，乞陛下借一偏殿，方好行乐。”帝曰：“汝有此意，可于焦兰殿上设宴。特赐回驾牌五百面，与卿执照，门上不敢阻挡。”朱温领旨，遂选五百铁骑，来往于殿下，请帝于殿上。文武百官，各依尊卑，近侍执盏，酒行数巡，食过五味，只见朱温带剑上殿，帝见了唬得魂不附体。温叫止乐停酒，温曰：“今日大事，众官听察。”众皆起身侧耳。温曰：“天子为万人之主，以治天下。无威仪不可以奉宗庙社稷，留此昏君何用？可将大位让与我。”众官听罢，默然无语，各低头觑地。忽宴上一人推桌直出，立于筵上，大叫不可：“梁王焉敢发此语？欺俺唐朝无人物耶？主上又无过恶，安敢无理！吾知汝怀篡逆之心久矣。”众皆大惊。朱温视之，此人保驾大将军姓凌名圭。只见他向桌上绰起一把金壶，往朱温即打将来。梁将王彦章在后面大怒，叱之曰：“朝廷大臣尚不敢言，汝何等之人，敢如此大胆！”即拔所佩剑将凌圭斩之。帝见杀了凌圭，下殿便走。彦章赶上，扯之曰：“陛下肯与不肯早决，何故走乎？”此时，帝惊得面如土色。帝曰：“容朕思之。”左仆射张文蔚曰：“陛下差矣！古之帝王，无德让有德，自古皆然。天下者，非一人之天下，乃天下人之天下，须不是陛下祖宗自古传到今。请陛下思之。”中书门下杨涉曰：“自古以来，有兴必有废，有盛必有衰，岂有不亡之国，安有不败之家？陛下，唐朝相传已二百年，气运已极，不可自绝而惹祸也。”帝曰：“今日酒醉，非推让之处耳。”朱温提剑自欲杀之，右仆射止之曰：“不可！陛下已许大王耳，尚容再议，不必造次。”温怒乃止。昭宗哭回后殿，百官皆哂笑而退。

次日，百官又聚于大殿，王彦章带领铁骑，布列殿前，召令宦官。昭宗惧不敢出，温又遣人三次逼之，慌更衣出殿。苏循奏曰：“昨日陛下已许梁王天下，今日肯传否？”帝曰：“卿等食唐禄久矣，中间多有唐朝子孙，直无一人分朕之忧耶？”苏循曰：“陛下之意，不欲以天下禅于梁王，曾见昨日之风景否？”帝曰：“汝众大臣何无见怜之心？”循曰：“天下之人，皆知陛下无人君之福，以致四海大乱。今梁王英雄，累建大功，尚不知恩以报德也，直欲令天下之人共伐之！”帝曰：“昔桀、纣无道，残暴生灵，故天下人伐之。朕即位以来，小心谨慎，未尝敢行半点非礼之事，天下之人，谁忍伐之？”循怒曰：“陛下无德无福而居天位，甚有残暴之道也。”帝拂袖而起，张文蔚目视苏循，循纵步向前，扯住昭宗袍曰：“陛下肯与不肯，乞早一决。”帝战栗不能答。忽阶下王彦章之弟王彦竜，巢将七人葛从周、尚让、齐克让等，各带剑上殿。又见殿阶之下，环甲持戈数百人，皆兵士也。帝乃流涕出血，叹曰：“祖宗天下，何期今日废之！朕九泉之下，何面目见先帝乎？”泣告群臣曰：“朕天下愿禅与梁王，幸留残喘，以终天年。”薛贻矩曰：“臣等安有负陛下？事已至此，可急颁诏，以安众心。”帝乃令杨涉草诏，愿禅国于梁。诏曰：

制曰，伏以生人以来，树之司牧，眷命所瞩，谓之大宝。历数弗在，罔或偷安。故舜、禹至公，揖让而兴。虞夏、汤武，兼济干戈，以定殷周。事乃殊途，功成一致，后之创业，咸取则焉。朕今在位二年，遭天下荡覆，赖祖宗之灵，得梁王竭诚尽力，率先锋镝。今仰瞻期运已去，天命有适，逊位而禅于梁。今携背臣献上国玺，追则尧典，禅位于朱全忠。梁王无致辞焉。钦此。

是日，百官赍丹诏并玉玺至梁王宫献纳。朱温便欲受之，李英曰：“不可，大王不可轻易。虽然诏玺已至，可令昭宗亲捧玺绶，以禅天下于大王，可以绝人议论篡逆之言也。”温大喜，令谢兰捧玺还宫。帝曰：“此事若何？”李英曰：“陛下亲自送去，明日禅位，则陛下子孙世世蒙梁恩矣！”帝到此时，不容不行亲自送去，只得亲捧玺至梁王大殿，授与梁王去了。然后披公服于群臣班首，称臣再拜。王彦章并巢将葛从周等，各挚剑在手，布列左右；大小文武及昭宗皆北面山呼，于是同声共口，齐呼万岁。丽泉诗云：

当日朱温强并李，欺凌唐室若婴孩。
谁知天地无私曲，不久依然换主来。

第三十六回

# 晋王起兵伐朱温

却说朱温即位，称号太祖皇帝。是日，天清气朗，微风不动，众皆拜贺已毕，改天复四年为开平元年，大赦天下，国号大梁。即降敕封昭宗为济阴王，便往彼处歇马，非宣唤不许入朝。封张文蔚、杨涉为平章事，封苏循、薛贻矩为左右仆射，封王彦章为马步禁军都元帅，王彦竜为保驾上将军。巢将尚让、齐克让等皆封为节度使。李英进曰："臣有夺天下之功，比众不同，陛下不升臣职，何也？"梁帝大怒曰："汝这逆贼尚复敢言？朕想昭宗有什么亏汝之处？将天下卖金，只图荫子封妻受享富贵，唐朝致有此失。若留汝在朝，众臣效尤，何以为国？"喝令推出斩之。有诗为证：

害人人害祸先招，祸福灾殃却怎逃。
只想百年人富贵，岂知今日中钢刀。

后来济阴王至开平二年春正月，梁王遣王彦竜缢杀之，追谥曰唐哀皇帝。

却说有人来太原报知李晋王，朱温弑了昭宗，自立为大梁皇帝，现今调练军马，远出大梁。李晋王听知，大哭终日，遂命百官挂孝，望北而哭祭之。次日人报，约有一队人马千余骑，尽打红旗，穿红袍，骑赤马，捽风驮至。晋王自出营视之，乃潞州王李杰也，伏地而哭，具言昭宗被弑，朱温篡位，“皇兄蕃汉人马四十余万，如此雄壮因何按兵不动？故引兵来襄助报仇。”晋王曰：“吾有此心久矣，因存孝已死，无效力之人，既侄有志，吾即发檄驰报各道，召集王子王孙，皆要起兵前来助战。”李杰大喜。

当日晋王乃集诸将商议起兵。时有岳彦真、赫连铎并各镇节度使，文武臣僚，整整齐齐，尽怀报仇之心，各有恢复之意，引兵四十余万，离了并州，直抵宝鸡山来扎了营寨。未及一月，天下王子尽皆起兵。时有河南王李善、青州王李毕、苏州王李演、四川王李辅、江夏王李逊、胶州王李汉、云南王李弘，唐室宗亲之兵多少不等。关外二十七镇诸侯共会有九十四万人马，诈称一百万，名将八百四十员，虚号一千员，文官武将皆投宝鸡山来，各自安营下寨，连接三百余里。晋王乃宰牛杀马，大会宗室。众各施礼毕，两行分爵位年齿列坐，商议进兵之策。潞州王李杰曰：“今举兵讨贼，为君报仇，汝等各听晋王约束，毋得以强侵弱，恃多欺寡，务要齐心戮力，以尽臣子之节。”众皆曰：“唯命是听。”晋王曰：“谁肯为前部先锋？”二太保李嗣昭出曰：“儿虽不才，愿为前部。”晋王许之。嗣昭领兵直奔宝鸡山，关来檄文曰：

> 唐晋王檄下唐诸宗室、诸侯王、二十七镇节度使、诸大臣百官百姓。谨按朱全忠者，始以盐徒党叛，既以穷寇来归，我先帝念如赤子，盗兵釜鱼乞命，既赦不杀，仍爵之官，恩斯厚斯，义不薄矣！何今全忠不忠，包藏凶狡，劫驾都梁，遂盗天位。匹夫无道，于斯已极。弑君之贼，人所共诛。吾今将帅诸侯军百万，战将千员，所至望风投降者听，助逆者杀之无赦，故檄。此檄到者，各宜闻知。

却说这时，把关将紧守关隘，差流星马往皇城告急。梁帝自即位之后，每日饮宴，更深方散。当日接得告急文字大惊，聚众商议曰："今李克用聚各镇王子人马，直抵关前，欲为昭宗报仇，众将有何拒敌之策？"王彦章应声出曰："臣愿领兵前去破敌。"梁帝听言大喜，加彦章为天下兵马正征讨，拨马步军十万，一同世子朱友珪星夜便起。丽泉诗云：

梁晋交兵二百场，残唐五代动刀枪。
打虎将军太原死，今日才兴王彦章。

却说晋王在宝鸡山扎住，遥望王彦章前部精兵十万，排成阵势。晋王见了骇然，未敢叫太保出马，顾与河南王李善、步将郑绩曰："久闻汝河南猛将，何不去战彦章？"郑绩欣然领诺，绰枪上马，直出阵前。彦章横枪立马，貌若灵官，立于门旗下。看他怎样结束？但见：

戴一顶千槌打、万槌颠、前抹额、后扇肩、双凤翅、叉缨尖、抵刀斧、挡槌鞭、缨飘烈火紫金盔。穿一领王母褶、玉女穿、獬豸铺、颜色鲜、盘蛟龙、绣彩凤、蚕丝纺、嫦娥织、屡团花、十段锦、猩猩血染大红袍。冠一副能工手、巧匠摸、神火炼、玉钻钻、损枪头、坏箭杆、转斧口、伤刀剑、随身护体黄金甲。束一条里边表、外边瞒、嵌八宝、七丝攒、玲珑钉、玛瑙厢、红扇黄、放毫光、攀胸勒甲狮蛮带。右手下，带一条寒巽巽、冷飕飕、随火将、伴诸侯、千军怕、万人愁、拿在手、鬼神忧、打将竹节虎眼鞭。左手下，带一根亮刷刷、白似雪、三尺长、四指阔、沙鱼鞘、常见血、削铁如泥锟铻剑。飞鱼袋带一张龙甲梢、虎筋弦、黄花画面宝雕弓。走兽壶插几根金线豆、倒马乘、伤军射将连珠箭。掣一条金串杆、丈八长、宾州铁打似锋芒、红缨乱舞蛇吐舌、犹如怪蟒出钱塘、穿袍过、透心凉、追魂取命浑铁枪。骑一匹两耳尖、四蹄圆、登峻岭、走高山、嫌日短、懒加鞭、两头见日行一千、南方赤兔胭脂马，火龙飞下九重天。

逸狂又有诗赞云：

大将威风手段高，金盔金甲大红袍。
等闲不敢抬头觑，带马连人似血交。

却说郑绩径取彦章，彦章大喝，纵马来迎。战不三回合，手起枪落，刺郑绩于阵前。晋王大惊曰："真勇将也。"李嗣昭上马持矛，径到阵前大骂彦章："吾今杀汝！"彦章便不答话，交马一合，只一枪，把嗣昭挑下马去。李存直欲出，晋王许之，直出马与彦章战。战到数回合，拨马便走，彦章赶上一鞭，把存直头打得粉碎。砍军大半，回营去了。晋王见连折两太保，心中忧闷。当日天晚，次早彦章之弟彦竜，披挂绰枪上马，领兵阵前索战。晋王问谁出马。闪出太保存龙、存虎、存海、存豹、存江、存受六将，叩头道："儿六将出马。"晋王许之，六将出营布阵。问来将何人，彦竜答曰："汝可认得吾是保驾大将军王彦竜否？"李存龙持矛大叫："逆贼休走，谁识汝来？"便战彦竜？各路诸侯，一起助威。存虎见存龙枪法渐渐散乱，彦竜越添精神，抡刀跃马便出。彦竜见了，遂弃了存龙，来战存虎。后面存海四将一拥齐出，战住彦竜。不及数回合，枪刺了六将，众军各散奔走，彦竜勒马回营。未及半晌，彦章又来搦战。此时晋王心惊惶惶，回头问众将曰："谁敢再战？"阵中一将，纵马挺枪而出，视之，乃同台节度使岳彦真。两骑相交，战不五回合，被彦章一枪刺于马下。彦真之子存训见父被杀，抡刀跃马，要来报仇。交马数合，被彦章一鞭打死于马下。彦章在阵中混杀，左冲右突，无人敢敌。背后青州王李毕、苏州王李演、四川王李辅、江夏王李逊并来合战，彦章方退。四处各折人马，退三十里下寨。众王子并节度使，都到一处商议破敌之策。

正忧闷间，小校来报彦章来搦战。闪出刘知远披挂上马，绰安汉刀，出阵去迎彦章。斗上五十余回合，彦章大怒，取鞭在手，叫声看鞭，刘知远措手不及，被打一鞭，打得抱鞍吐血而走。却说大寨李晋王升帐，使流星马探刘知远大折一阵，晋王大惊曰：“不想知远败于彦章之手，请众王子并众节度使商议。”潞州王李杰曰：“前日进兵，损了许多将士，今日刘知远又败于水手贼之手，吾等极剉动锐气。”诸侯并不语。正商议间，探子来报，王彦章引铁骑直来寨前大骂搦战。晋王曰：“吾等许多军不能敌一彦章，安能灭却朱温？”言未绝，郓州赫连铎曰：“某愿往。”晋王喜甚，便叫赫连铎出马。不多时报来，铎与彦章交战不到三回合，被彦章斩之。众王子大惊。河南王李善曰：“吾上将乐荣可斩彦章。”晋王急令唤至，乐荣应声而出，手提大斧。去不多时，飞马来报，乐荣又被彦章斩了。众王皆失色。晋王叹曰：“可惜吾存孝已死，若留在此，岂到彦章施威哉！汝众王子许多将士，岂无一人可迎彦章？”众皆无言。晋王言罢，痛哭一场。

第三十七回

# 宝鸡山存孝显圣

正值彦章搦战，晋王大叫：“快备马来，吾自出阵一遭。”此时晋王已八十四岁，披挂上马，绰定唐刀，领兵出营。彦章视之，见两面日月龙凤旗，旗下有一将，额垂千条线，发绾一窝丝。如何打扮：

金甲金盔翡翠袍，腰间玉带束鲛绡。
座下千里追风马，肩上横担定唐刀。

王彦章正欲迎战，彦竜一马当先问曰：“来者莫非晋王否？”晋王曰：“然。”彦竜曰：“汝将已被吾杀尽，尚敢自临阵耶？”晋王大骂曰：“这伙奸贼，争吾大唐天下，天厌神怒。吾亲临阵，取汝首级。”言罢两马相交，双刀并举，怎见得，有诗为证：

刮地寒风声飒飒，硬战征袍声似擦。
逼逼剥剥马蹄鸣，叮叮当当袍枪甲。
你死我活不服输，一往一来交战马。
兴心枪挑锦战袍，举意刀劈连环甲。
掣旗小校手连颠，擂鼓军郎槌乱打。

时晋王年老，精力衰败，战不数回合，被彦章杀得大败，拨马而走。已近黄昏，左侧彦章赶下阵来，前走的，好似猛风吹败叶，后追的，恰如急雨打残花。追赶已无措手，叫："吾儿存孝，昔日汴梁赴会，汝曾救我，今吾死在须臾，汝何无灵？"言未绝，只见东南上一阵风，卷出两面飞虎旗，旗下是存孝。结束如生：

虎磕脑乾坤少有，虎皮袍盖世无双。
狻猊铠枪刀不惧，毕燕挝能取人魂。
马上横担浑铁槊，五名马赛过蛟龙。

晋王叫："勇南公吾儿，快来救我。"只见存孝一马当先，厉声大骂奸贼："吾在此等你多时。"彦章大惊，叫声"苦也！"跌下马来，气绝身死。此时存孝犹在云雾之中，叫声老父："儿与你相会一面，以完父子之情。梁兵自此势败，儿今辞别朝天去了。"晋王回头看时，只见风清月朗，不见了存孝，独有王彦章死在地上，余众各散逃生。晋王放声大哭，叫数声吾儿，"死后还来救我一命！"下马斩了彦章首级而回。众王子并诸侯接见，哭诉前事，众皆嗟叹不已。早有人报知王彦章，言李存孝捌打死彦章，现今后面人马到了。唬得王彦章魂不附体，慌忙上马，尽力加鞭往后而走。本阵军兵魂飞魄散，弃枪落刀，失盔抛甲，自相践踏，死者不计其数。咏史诗曰：

存孝当年吊伐勤，要将忠义报先君。
生因打虎追巢贼，死戮彦章败敌军。
非是兵机无计策，只缘天意有攸分。
大唐基业今何在，唯有将军一古坟。

彦章走了一夜，离唐营二十里。死尸不绝。彦章点聚余将，复与唐家对面安营。

却说梁兵二十余万，用粮浩大，况诸郡荒旱，人皆相食，屋宇尽皆拆毁，军人无不掳掠。与唐军相拒一载有余，粮尽，乃上表梁帝催粮。梁帝应付十万斛，军士支给不敷。彦章与朱友珪商议：“兵多粮少，如之奈何？”友珪曰：“吾正忧虑此事，粮食兵家大事，倘军心有变，难以区处。”彦章曰：“今天气炎热，且宜按兵不动，殿下亲往朝廷面奏，叫遣将应付粮米，克日到军前支给，才好与唐相拒。”友珪披挂上马，带领数人，离了宝鸡山。行了数日，已至渝丘，到汴梁只隔一日程途。原来友珪结束一如商贾相似，又值天气炎热，憩息于垂杨树下。只见路上往来之人，三三两两互相递语：“大梁王朱温甚是不仁，翁婚儿妇为妻，父纳子妻为妾。”友珪潜自听之，骇然大惊。安有此等之言？遂自向前而问，远近居民，众皆一语。友珪暗思：“吾父禽兽之辈，不仁之心甚于虎狼。吾若回朝，必遭其害，不如仍回宝鸡山，别图良策。”逸狂诗云：

堪叹朱温太不仁，翁婚儿妇灭人伦。
焦兰殿上频回首，天道谁言报不均。

友珪于是勒马急回本营。王彦章接见，听知此事，别有良图。友珪从之。

却说李晋王在帐整日忧闷，被水手杀做个闭门不出，猛想存孝尚留六员副将，在飞虎山守灵，急唤李嗣源调取这一支人马，前来助战。嗣源去了数日，六将已到，屯于北城。细作报知，彦章便欲移兵来打北城。李罕之传令：“交五鼓造饭，平明，大小军马皆出城，城上虚插旌旗，遥张声势，军分三门而出。”却说王彦章引兵列阵于北门外，当日晋兵分三门而出，彦章亲上将台，看见城上墙边尽是虚糊旌旗，无人守护，又见军士腰下各束缚包裹。彦章心中暗忖：“晋兵必是粮尽，势孤力寡，先准备走路。”遂下将台传令云：“令两军分左右为翼，如前后得胜，尽力追赶，直待鸣金，方许退步。”就叫葛从周领住后军，亲自进兵。

当日对阵，鼓声大振，彦章出马在阵前。晋王自至门旗下，挥鞭指点，“谁人向前？”一将应声出马，乃安休休也。与彦章交锋不下十回合，彦章枪刺安休休于马下。彦章大呼姓名搦战，唐将薛阿檀出马，与彦章战十余回合，又被刺死。唐阵势乱，众军先退，李罕之、符存审两个押后。彦章指两翼军冲出，晋兵大败。彦章自率大军，追赶至北城下。唐军皆不入城，皆往西北而去。梁将李思安、刘知俊引前部尽赶，彦章见北城门大开，城上又无军马，指点中军抢城。数十骑当先而进，彦章在背后加鞭纵马，直到城瓮道边。城上薛铁山窥见彦章亲自先入，暗暗喝彩。一声梆子响，两边弓弩齐发，箭如雨下。梁兵争先夺门而出，纷纷跌落限马坑去。彦章正勒马回，一箭正射中右臂，翻身落马。贺黑虎从门内杀出，径来杀彦章，却得司马邺、张存敬两个死命救出城去了。军士突出，梁兵自相践踏，落堑填坑者无数。葛从周急收军时，李罕之、符存审分两路杀回，梁兵大败，却得尚让一军从侧首截出救了。李罕之引得胜军进城。葛从周比及收拾败军，伤者数多。二将救彦章到帐中，唤行军医者用铁镊镊出弩箭头，将金疮药塞掩疮口，只在帐中养病，按兵不动。

却说王彦章又斩了安休休等，威声大振，远近皆惊。晋王聚众商议曰：“彦章累斩名将，吾兵锐气皆剉。此贼按兵不战，若一旦疮愈复出，谁能当之？”李嗣源曰：“一人可破此贼。”晋王问是谁。“昔五侯反太原时，存孝病挟的那人，姓高名思继，是山东郓州东平府人氏，因存孝放他，还家耕锄为活。儿去调取这人前来，破贼必矣！”晋王大喜，叫嗣源一行。

却说嗣源收拾行装，挎刀上马，往山东而来，访至高思继门首下马。二人相见大喜，尽诉前事。思继曰：“自勇南公擒我，饶了性命，回山东来，誓不与人相持，今已数年，自是‘苦身三顷地，付手一张犁’，不复再言武事。”嗣源见思继苦无相从之意，暗想此人只可以言激之。嗣源曰：“天下王位、各镇诸侯，皆闻将军之名，如雷贯耳，称羡不已。吾与王彦章交兵被他赶下阵来，我叫彦章：‘今来赶我，不足为奇。汝欲为好汉，且停兵不战。吾闻山东浑铁枪白马高思继，世之英杰，有万夫不当之勇。待我请来，与汝对敌。’王彦章听吾阵前夸言，愤然大叫：‘我再不来索战，待汝去请来。不来便罢，若到这宝鸡山来，我擒住他。’”高思继听罢，激得心头火起，口内生烟，大叫左右“快备白龙马来，待我去擒此贼”。各披挂上马，遂离了山东，往宝鸡山进发。但见日长步紧，风急行斜，好似流星不落地，犹如弩箭乍离弦。二人奔驰，不日已到唐营，来见晋王。晋王大喜，命坐慰劳了，晋王说：“王彦章斩首无数，军士丧气，请将军相助。”思继曰：“容吾观其动静。”晋王置酒待之。要知后事如何，且听下回分解。

第三十八回

# 彦章智杀高思继

当日，忽报王彦章搦战。晋王引思继于高阜望之，思继侍立于侧。时晋王指曰：“麾盖之下，横枪立马者，王彦章也。”思继亦随指看之，见其人，绣袍金甲，威风凛凛，杀气腾腾。思继与晋王曰：“臣虽不才，愿领兵出战。”遂披挂绰枪上马，直出阵前，挺枪直取彦章。彦章急架相还，二人交马，正是棋逢敌手，木遇良工，叫声好杀。怎见得？

> 两边鼓响震天雷，就地锣鸣如霹雳。人马军前，舍命争勇。刀枪练磨，恶似那如来会下那吒摇动五方旗；气影相迎，犹如那四州大圣降水母。钉擦钉，双摩皓月；甲跄甲，对射银山。两条条，凹面混江龙；一对对，巴山白额虎。

二人混杀了一日，斗上三百余回合，天色已晚，晋王叫鸣金收军，两下各领兵回营。

却说王彦章回到本营，谓左右曰：“高思继刀法甚熟，真吾敌手，若不收兵，险丧此人之手。来日用回马枪挑之，必全胜矣！”次日上马引军来战，高思继亦引军来。两阵对圆，二将齐出。彦章曰：“吾今须决胜负，不可收兵。”言讫相交，二人又战五十余回合。彦章见嬴不得思继，拨回马拖枪便走。思继疑彦章怯己，恨不得赶上，放开马赶下阵来。彦章回头，见思继马来得近，兜回马一枪，思继收马不迭，步心一枪刺死。彦章 挑了思继首级。此时余众四散奔走，来报唐营："高思继被他回马枪挑了。"晋王听罢，大叫一声："气煞我也！"口角喷血，倒于地下，半晌气绝身死。逸狂有诗叹曰：

为国频召将，时危不可撑。勇南亡去后，思继复招魂。
忠义心空赤，衰残志可矜。一气竟喷血，谁将社稷平？

原来晋王一是领头疮发，二是那二百场战败的气，三是年高八十四岁，以致如此。后来史官有诗为证：

唐室衰微不可扶，天叫温贼篡良图。
君仇未报身先死，到此英雄岂丈夫。

按本传回马枪挑了高思继，气杀了沙陀李晋王，众王子大骇，便欲举哀，尽传晋王身死，商议做孝。潞州王李杰曰："众王子且勿喧嚷，王彦章得知晋王死了，他便又领兵来索战，谁与他抵敌？急将晋王棺殓，着令萧、刘二妃带领三千兵马，护送灵柩，星夜赴并州安葬，此为上策。"众王子从之。

却说众王子商议，晋王已死，可令潞州王权掌晋王兵印。潞州王曰："吾有何能，敢任此职？"众皆曰："以昭穆定之，非汝不可为也。"当日李杰谓嗣源曰："水手逆贼日夜索战，唐兵不能讨贼报仇，此事若何？你看何处有兵，借得一支前来破敌。"嗣源告曰："吾终日奔驰道路，不是个调兵的人，却似个勾命的鬼。各处调来的将士，都丧于此贼之手。现今径往直北大潼李友金处，调取那支人马前来，破敌必矣！"李杰大喜，即遣嗣源一行。

嗣源披挂上马，往直北进发。但见途中三三两两互相啼哭，携儿抱女，夫东妇西，各人顾命逃散。杀得那百姓家家门首吊着一个木牌，一边写个晋字，一边写个梁字。那军一壁里杀，一壁里抢。抢到庄上，那百姓打听得是晋兵把那字调过来。那军说是晋王的民，不要抢，就过去了。后兵又来抢，打听得是梁兵，把那梁字吊过来。那军说是梁王的民，不要抢，也过去了。后来抢得滑了，不论梁、晋都抢了。因此人民朝属梁而暮属晋。嗣源见了百姓如此之苦，喟然叹曰："只因这梁、晋交兵，杀得那军士受涂炭之苦，百姓有倒悬之急，天下荒荒，人民死其大半。"

嗣源勒马星夜去到直北大潼城，拜见叔父李友金，呈上告急书，言："王彦章杀我父兵败二百场，不能措手，回马枪挑了高思继，气杀了我父王。现守宝鸡山，相攻至急，望叔父拨大将相助。"友金听罢，放声大哭，"可惜皇兄死于非命，唐室不能报仇！"友金问班部中众将："谁可引一军去鸡宝山相助？"言未绝，一将应声而出曰："臣虽不才，愿领兵前去，以斩王彦章之首。"友金视之，其人身不满七尺，年约十四五岁，面如傅粉，发绾齐眉，乃北平人也，姓史名建瑭，是友金部下一员名将，极有智略。友金听其言大喜，封为总戎官，拨军二万，健将八员，一同李嗣源连夜进发，飞奔宝鸡山来。

却说史建瑭领兵正行，前面报马言："唐营离此不远。"建瑭急唤八将，将这二万人马另自安下一个小营。嗣源引史建瑭来见潞州王，尽诉其事。王曰："吾侄远路，风尘不易。许多好汉，皆致丧命，叫此一个小孩儿到此，焉能成事？若叫出阵，必被水手耻笑。"建瑭向前告曰："大王休小觑我，将在谋而不在勇，吾乃名将之子，九世良将之孙，谅一水手有何罕哉？"此时正话间，王彦章又来索战。建瑭叩头曰："将愿往，斩彦章之头，献于帐下。"潞州王许之。

建瑭径回本营，吩咐八将，先领六千兵去埋伏左右，"吾自领兵三千，当中杀出。我若输了，你们两边即来接应；水手若败了，你左右急截断他的去路。但有退前缩后者，以剑为例。”众将领命去了，各个披挂上马，领兵出营布阵。王彦章在阵前看了，称羡不已，自言“梁、晋交兵二年余，未逢敌手。今日不知何人布此阵势？实是天地人三才之阵，他败也是他胜，我胜亦是他胜。”言未绝，只见素罗旗下，闪出一小将，怎生打扮？

发绾齐眉，约年十四五岁；桃腮两颊，约身不过四五尺长。头戴灿银盔，身披银叶甲。手挽梨花枪，座下玉驄马。这不是那吒太子，敢是个傅粉何郎？

那阵上，彦章又长又大，恶似金刚，狞如八戒，见了大笑，言布此阵倒有余矣，原来是个小孩子出阵。便问：“来将何名？”建瑭曰：“吾是白袍史敬思之子，直北大潼城总戎官史建瑭是也。汝是什么人？”彦章曰：“吾乃铁枪王彦章是也。”建瑭即挺枪直取彦章，彦章急架相还。只听得：

轰雷炮响，杀喊连天。金鸣震起，战鼓齐敲。阵前阵后虎狼兵，四哨五营排阵脚。旌旗闪烁，皂纛飘飘。枪刀赛雪密层层，剑戟如霜锋列列。马军如蛟龙出水，步军如猛虎穿林。沙尘飞起，浑如障雾。旗开处，闪出一小将。拍马挥戈心性急，犹如泰山倾倒，好似海水翻腾。两将交锋，这场好杀！

二人战上二百余回合，建瑭大怒，取鞭在手，喝声：“着中！”彦章躲避不及，正中一鞭，抱鞍吐血，勒马而走。建瑭后面飞马追之。却说彦章此时不往本阵，径走左手下来，不料左边四员将踊出，喝声：“水手贼，走向何处？”四条枪攻进阵来。彦章魂不附体，勒马走向右手下来，岂期右手四员将踊出，“逆贼休走！”彦章回头看时，史建瑭亲自后面追至。彦章杀开一条血路，从南阵逃生走了。建瑭曰：“谁放走了此贼？”皆言八健将第二名张夷放走，建瑭大怒，唤刀斧手拿张夷去斩首。“今后慢功者，以张夷为例。”七将见了悚然。建瑭差人到唐营报捷，潞州王曰："不想此人胜了水手一阵。"众王子出接建瑭，随即举杯做贺，重赏众将，不在话下，且听下回分解。

第三十九回

# 建瑭智擒傅道昭

却说王彦章回寨与诸将曰:“人言史建瑭名将之子，英勇无敌，今日方信。”话犹未了，葛从周来相见，彦章接入。礼毕，从周曰:“闻将军战史建瑭不过，不如且退军避之。”彦章曰:“梁王命公为大将，何弱也？吾来日誓必擒之。”从周相劝不听，自回。次日彦章上马，引军前来，建瑭亦引军进。两阵对圆，战将齐出。彦章曰:“吾今与你定决胜负，不可收军。”言讫，各放战骑。战五六十回合，彦章拨马拖枪便走。回头看，建瑭马也不动，旗也不移，兜回马叫:“小将因何不赶？”建瑭叫:“水手贼，你这计只好哄高思继，如何将来哄我？”彦章大惊，拈枪又刺，建瑭手招一将，一起攻来，彦章抵敌不住，拨马逃回。建瑭杀军大半，遂自回营。当日建瑭唤七将吩咐:“汝等领三千人马，埋伏于汴梁大道左右，但有奸细，擒来见我，自有用处。”七将领命去了。

且说彦章连输二阵，在帐中纳闷，却有管粮官王燧入禀:“粮食不敷，难以支给。”彦章听闻，忙写表文一道，遣傅道昭星夜上汴梁催运粮草，早拨大将引军救护。道昭接了表文，密藏在身，食餐一饱，当晚上马，令人送出大营，径上汴梁。道昭放马刚走了十余里，不防陷马坑连人带马跌下坑去。一声炮响，两下挠钩齐出，搭住道昭，来见建瑭。建瑭问："汝是谁？"道昭答曰："吾乃梁王殿前大将傅道昭是也。"建瑭曰："汝欲何往？"道昭只得以实告之。建瑭搜着文表，喜不自胜，遂将道昭剥了衣服斩之。

次日，建瑭设一计，令人上大梁去诓请粮草，遂问部下谁人敢去。言未绝，只见闪出一人来，手持铁枪，向前跪下道："主帅，小军不才，愿上汴梁。"建瑭曰："汝是谁人？有何奇计？"其人答曰："小人是巡营小军赵霸是也，愿去诓请粮草而回。"建瑭曰："汝这一去，诓得军粮回来，便奏升汝为殿前带刀都指挥之职。"赵霸拜谢，随即穿了傅道昭的衣服，背了表文，上马径投汴梁去了。未知后事如何，且听下回分解。

第四十回

# 赵霸入汴诓军粮

本传考之，原来赵霸乃赵匡胤之高祖也，赵霸所生赵弘毅，弘毅所生赵匡胤也。却说赵霸即日收拾，领令绰枪上马，行了数日，已到汴梁，进城到东华门等旨。却说大梁王升殿，近臣奏曰："今有王彦章差一使奉表至，只在东华门外等旨。"梁王急宣入问之，使臣进见，献上表文。梁王拆开视之，表云：

> 钦差领兵征伐总兵官王彦章，诚惶诚恐，稽首顿首，表奏为乞恩速赐军粮应务援接事。陛下圣旨差臣领兵上宝鸡山擒获李克用，臣杀晋兵二百场，不能措手。今有河北大潼城白袍史敬思之子史建瑭，领兵迎敌，连败微臣二阵。军微将寡，缺草欠粮，伏望陛下遣良将数员，精兵数万，星夜前来助战。臣擒晋兵于指日，扫除后患于此时，以决雌雄，军情至紧至紧。彦章表奏以闻。

梁王看了表文，事不宜迟，便问赍表官是什么名字。霸曰："臣是赵霸。"朱温即谓曹龙曰："汝可同赵霸引军马五万，粮草十万斛，星夜上宝鸡山去。"曹龙曰："欲求一将为副将，一同领兵押粮前去。"梁王曰："谁可为副将，押赴粮草，前至宝鸡山军中应用？"一人挺身出曰："某愿施犬马之劳，生擒史建瑭献于殿下，以报主上知遇大恩。"

梁王视之，此人天水人也，姓于名耀表字德辉。梁王大喜曰：“史建瑭名将之子，智勇兼全，威振远近，未逢敌手。今遇德辉，真其敌也。”加于耀为副将军，加曹龙为大将军。梁王谓曹龙曰：“朕知汝深有良谋，故遣此行。”曹龙拜谢。当日，梁王拨军与曹龙。这五万人马，皆北方强壮之士，衣甲、鞍马、军器严整。

三人即日离了汴梁，往前进发。但见旌旗耀日，盔甲鲜明，大小粮草之车，隐隐而去。行了数日，只听得一声炮响，闪出一支军来。曹龙见了大惊，便对赵霸言曰：“兀的不是唐兵来抢我粮草？”霸曰：“此不妨事，纵有些小人马，何足惧哉！你二人当先，我在后面接应。只要输，不要赢，我一生惯使九股红绵套索，待唐兵赶来，不怕他有几个，我一套都扯下马来。”曹龙、于耀听罢，二人出马当先。只见山坡后，唐兵七将踊出，厉声大骂奸贼：“好将粮草献来，万事皆休。如若不允，玉石俱焚。”曹龙大怒，拍马拈枪便刺，交战三回合，拨马便走，径来投救赵霸。正是有心算无心，无心怎提备，曹龙被赵霸冲个满怀，喝声“着中！”一枪挑曹龙于马下。于耀挺枪来战，被七将裹将来困在垓心，四下乱枪刺死。赵霸把旗一展，军马粮草尽皆抢上唐营去了。赵霸来见建瑭，叩头道：“我上汴梁诓军五万三千、粮草十万斛，今已到营交付明白。”建瑭大喜，曰：“吾军中正缺粮，今得此足以接济。汝有大功，吾曾许之，合宜奏升汝为都指挥之职。”赵霸谢恩。

却说王彦章在营中与诸将商议拒敌之策，忽见数个败残人马来报：“梁王遣粮草十万斛、人马五万三千，曹龙、于耀俱被赵霸杀死马下，粮草都抢入唐营去了。”彦章听罢大怒曰：“中了唐贼之计，若不杀赵霸此贼，怎泄吾心中怨气！不知傅道昭死归何处，汝诸将可助吾之力。即日起兵，先擒赵霸，次灭唐狗，是吾之愿。”正商议间，人报朱友珪、朱友从至。请入帐中，彦章哭诉前事。友珪曰：“汝勿忧虑，珪与弟友从二人亲自上汴梁去。一来打听傅道昭消息，二来奏讨军粮。”彦章然之，于是二人即披挂上马，疾走如飞，径上汴梁。怎见得，有诗为证：

急递思乡马，张帆下水船。
流星不落地，弩箭乍离弦。

第四十一回

# 君臣三弑焦兰殿

却说朱友珪、朱友从行了数日，不觉早到汴梁，进至东华门下等旨。时朱温起不仁之心，干乱伦之事，正与儿妇贾氏在分宫楼饮酒作乐。忽报二位殿下自宝鸡山来见陛下。梁王急令宣入问之。此时梁王酒已半酣，把贾氏事情俱已忘了。宣友珪来见，正见左手坐的是朱温，右手坐的是友珪妻贾氏，友珪大骂无道昏君，禽兽之为。“满城人说，翁婚儿妇，父纳子妻，王彦章不信，今日果有此事实矣！”愤然怒发，即拔出剑来。朱温见了，知事已泄，抽身便走。友珪赶步如飞，直赶到弑昭宗的焦兰殿上来。朱温大叫：“世间那有子杀父？”友珪答言：“你因何去臣弑君？”朱温躲避不及，被友珪一剑砍落首级在地。不防朱友从仗一口剑，从后赶来杀兄，友珪飞步而走，被朱温尸首一绊，跌倒在地。友从赶上，喝声“着中！”劈开缝有血，剑过项无头。此殿上臣弑了君，子弑了父，弟杀了兄。三弑焦兰殿。有诗为证：

飒飒金蝉绕树飞，绿杨枝上逞高低。
金风未动蝉先退，暗送无常死不知。

朱温身亡，百官发丧，一面具棺殡殓，停灵柩于偏殿。张文尉曰："国不可一日无君，请立嗣君以承大位。"乃请朱友从即皇位，开平三年改为乾化元年。朱友从字公顺。加张文蔚平章事。后八月，葬朱温于宣陵，谥曰太祖皇帝。尊皇后徐氏为皇太后，入养老宫；大赦天下。

却说大唐细作飞报入宝鸡山，众将告知潞州王。李杰闻知大喜："朱温已死，吾已无忧矣。"众王子仰天大笑曰："吾料奸贼天下必不长久，果然今日弑死于焦兰殿。乘此国中无主，移兵讨之，易如反掌耳！"潞州王曰："朱温虽死，友从新立，朝中智谋之士极多，难以摇动，不如先擒了王彦章，然后北向，无不胜矣！"

第四十二回

# 五龙逼死王彦章

当日众人欢喜，言未尽，报有一彪人马到来，尽打红旗。众人视之，是二位英雄，身长九尺，胆量过人，威风凛凛，相貌堂堂。二人是谁？一个是同台郭彦威，一个是河西石敬瑭，皆授节度使之职。当日引了人马同来降唐。见了潞州王，告曰：“某愿与大王为前部，同破水手，与唐报仇。”王大喜，赏赐金帛，加封二人为都指挥之职。史建瑭曰：“今得二人相助，吾观彦章水手之贼，死已将近。今日五龙俱全，逼此水手，吾事必济矣！”言未尽，又一支人马，径奔唐营来降。为首一小将，花枝本是公卿子，虎体猿班将帅孙，进见潞州王告曰：“某愿为前部，擒获彦章。”王问之，其人乃山东郓州东平阿齿人也，姓高名行周，年方一十三岁，颇习武艺。“臣父高思继，死于彦章逆贼之手，切齿之仇，常欲报之。特来降唐，充为前部，乞大王亲拨数万之兵，上为国家讨贼，下得复报父仇，臣万死无恨也。”潞州王即命高行周为先锋，领兵前去迎敌。当日天晚，众人各散。次早潞州王升帐召史建瑭议事。报言不知昨夜建瑭何处去了，绝无踪影。王问七将曰：“史总兵今往何处？”七将曰：“昨夜径出，不知去向。”言未已，只见建瑭欣然奔入大寨，下马来见潞州王曰：“臣昨仰观天象，见西北方将星坠地，料彦章亡在旦夕，必被吾擒。今已寻去此九十里之地，一地名狗家疃人头峪，四下草木深丛，只可入不可出，极好埋伏，把这水手贼赚到那里，獐入狗口，岂能得活！吾布开七十二座连珠阵，军人不要赢，只要输，赚他到狗家疃。布个五方五帝阵，才逼得这水手死矣。”王大喜曰：“此计极妙，速可行之。”便遣高行周前去引战，佯输诈败，只骂彦章是李存孝摔不死的水手贼，把他赚到阵中，轮流挑战。建瑭急令五将受计而行。号为五龙，怎见得五龙：

一龙是直北沙陀李晋王世子李存勖，后灭梁为唐庄宗皇帝。

一龙是直北沙陀李晋王养子李嗣源，后为唐明宗皇帝。

一龙是河西石敬瑭，后为晋高宗皇帝。

一龙是沙陀刘知远，后为汉高祖皇帝。

一龙是同台郭彦威，后为周太祖皇帝。

史建瑭吩咐五将听令，各人授一贴儿，领人马到狗家疃依计而行。定下四面埋伏之计，遣高行周先去搦战。

却说王彦章在帐中商议：“今唐兵分布而来，谁去迎敌？”闪出尚让曰：“吾与齐克让、傅景祥三将，见阵一遭。”即披挂绰枪上马，出营布阵。门旗开处，高行周出马。尚让笑曰：“唐朝叫此小孩为将，真势屈也。口中乳腥未退，头上胎发犹存，安能当阵耶？”更不答话，便挺枪直刺行周，行周挺枪来迎，二人战不三回合，行周大怒，一枪挑尚让于马下。齐克让两手舞刀便砍，被行周逼开，举虎掌金锤打下，正中克让，头如粉碎。景祥见二将已死，惊惶不战，拍马便走。行周追及，起一锤，打景祥跌下马来。唐兵见了，齐大声喝彩，皆言此等小将，如此英勇，世之罕有。小校慌报彦章：“三将出阵，皆被小将杀死。”彦章听知，遂自绰枪立马阵前。行周知是彦章，大骂：“水手贼下马受死，报杀吾父血恨之仇！”彦章大怒，拍马挺枪直刺行周，行周急架相还。不及三回合，行周拨马便走。彦章知是计，停马不赶。行周大骂："李存孝摔不死的贼，因何不赶？"彦章听知大怒，愤然勒马追下阵来。中军一声炮响，冲一阵，开一阵，直冲到狗家疃来。中军旗号一展，东南西北，四方八面，一拥齐来。怎见得？有诗为证：

四方人马纷纷至，八面枪刀列布排。
虎牢关下长蛇阵，九里山前大会垓。

此时建瑭领名将四百五十员，杀出阵来，喊声大震，叫水手下马受死。彦章大怒，遂拍马拈枪，冲入阵中。建瑭把枪晃了一晃，众将齐杀进来。整杀了一日，被彦章枪挑将一十六员落马。回头遥看，尚有三千余众，猛将四员，俱为行周所杀。彦章此时力乏，径撞奔西阵上逃走。西阵上是潞州王李杰挡住要路，正遇彦章，交马一合。彦章冲进中阵，正遇高行周，厉声大骂："水手贼！下马受缚！"彦章拍马挺枪，直取行周。行周逼开枪，喝声："着中！"一虎掌金锤，打得他抱鞍吐血而走，径往人头峪去了。

天色已晚，彦章正走，扑的连人带马跌倒了。比及爬将起来，打上一鞭，又跌倒在地下，一步一跤直跌到天明。此时彦章在马上视之，见地下都是人头滚滚，广一丈，盘桓相结，长在一处。人马整跌了一夜，跌得彦章垂肩辫袖难施勇，手脚慌忙怎用功。彦章方出人头峪，才到狗家疃，正在危急，忽听一声炮响，五色号旗一展，闪出五支人马到来。彦章往东上视之，见那来将，打扮得：

擐甲披袍立战场，三股钢叉手内将。雕弓鸾凤壶中插，宝剑沙鱼鞘内藏。束雾衣飘黄锦带，腾空马颈紫丝缰。青旗红焰龙蛇动，虎据夫东守震方。

怎见得东方阵势？有诗为证：

一按东方甲乙木，倒马金戈列摆布。
手执三股托天叉，短剑傍牌前引路。

彦章往正南上而走，见那来将怎生打扮：

当先踊出英雄将，凛凛威风添气象。鱼鳞铁甲紧遮身，凤翅金盔拴护项。冲波战马似龙形，开山大斧如弓样。红旗红甲火光飞，威镇南方离位上。

怎见得南方阵势？有诗为证：

二按南方丙丁火，红袍赤马张红缨。
飞棢着人头粉碎，红锦套索老龙筋。

彦章往正西而走，见那来将打盼得：

雕鞍玉勒马嘶风，甲胄棱层花雾濛。豹尾壶中银镞箭，飞鱼袋内铁胎弓。袍端翠缕穿双凤，铜上金花镶小龙。一簇白旗拥猛将，天门西据是兑宫。

怎见得西方阵势？有诗为证：

三按西方庚辛金，素罗旗下撒寒冰。
手提银简白如玉，剑征离匣晃光明。

彦章又往正北上而走，见那来将打扮得：

虎坐雕鞍胆气昂，弯弓插箭鬼神慌。朱缨银盖遮钢戟，绒缕金铃贴马旁。盔顶镶花红错落，甲穿柳叶翠遮藏。皂旗黑甲烟云内，北面天山守坎方。

怎见得北方阵势？有诗为证：

四按北方壬癸水，闷棍都是黑油漆。
狼牙铁槊数千层，雁翎摆开方天戟。

彦章又往中央而走，见那来将打扮得：

熟铜锣间花腔鼓，簇簇攒攒分队伍。金刀金斧赭黄袍，翦绒战袄葵花舞。垓心两骑马如龙，阵内一双人似虎。周回绕定杏黄旗，正按中央戊己土。

怎见得中央阵势？亦有诗为证：

五按中央戊己土，黄花弓箭脚踏弩。
人人肩担大杆刀，短剑月样宣花斧。

彦章周回一看，见那五方阵势，相近追来，只见：

明分八卦，暗合九宫，占天地之机关，夺风云之气象。前后列龟蛇之状，左右分龙虎之形，丙丁前进，如万条烈火烧山；壬癸后随，似一片乌云覆地。左势下，盘旋青气；右手下，贯串白光。金霞遍满中央，黄道全依戊己。四维有二十八宿之分，周回有六十四卦之变。盘盘曲曲，乱中队伍变长蛇；整整齐齐，静里威仪如伏虎。马军则一冲一突，步卒是或后或前。休夸八阵成功，漫说六韬取胜。孔明施妙计，李靖播神机。

彦章见了五方五帝阵势，仰天叹曰：“天绝我也，今日中计！”正欲前走，忽听得唐中军催战的炮响，东南上郭彦威杀来，正南上刘知远杀来，正西上石敬瑭杀来，正北上李嗣源杀来，中央李存勖杀来。这五位皇帝俱各骑着五匹马。一个是乌獬豸，一个是赤狻猊，一个是黄骠马，一个是枣骝驹，一个是分鬃骥。各使着五般兵器，一个是托天叉，一个是倒马槊，一个是安汉刀，一个是画杆戟，一个是金蘸斧。五位皇帝一起来攻彦章，彦章困在垓心，自知独力难战，怎当这五王的福分。正是五条赤须龙，群战一个白额虎。彦章力尽神疲，仰天大叫一声，拔剑自刎。丽泉诗云：

宝鸡山前战二秋，彦章自刎大梁愁。
建瑭妙算人难及，先胜梁兵第一筹。

第四十三回

# 李嗣源据守大梁

按本传五龙逼死王彦章，梁兵四散奔走，降者极多。唐兵径奔汴梁，远近守将，望风归降。时梁王闻彦章已死，乃聚宗族长幼，相向而哭。君臣商议破敌之策，皆莫能对，遂谓宰相敬翔曰："汝尝言生子当如李亚子，教吾事唐，吾一时不从，以至于此。今事急矣，将若之何？"翔泣曰："臣受先帝厚恩，殆将三世，名为宰相，其实朱氏老奴耳！事陛下，献言莫非尽忠，陛下不肯早图，致有今日，纵使陈平更生，诸葛复出，谁能为陛下计也？臣请先赐一死，不忍见宗庙丧亡。"因与梁王恸哭一场。城中尚有控鹤军数千，朱珪请率之出战，梁王不从，乃命王瓒驱市中百姓，登城守御。比及五日，唐兵打入大梁。梁王疑诸兄弟乘危谋乱，尽行杀之，至是梁之众臣，各怀愤怒，遂将朱友从绑出城来，为唐乱兵所杀。

当日，大唐众王子商议，皆言李存勖是晋王嫡子，志气远大，英雄无敌，当应天顺人以承大统，众人共立为帝。是日即位，称号后唐庄宗皇帝，改元为同光元年，大赦天下。时张全义请迁都洛阳，唐主从之。封冯道为左右仆射，封李嗣源为行兵大总管，封郭崇韬为侍中。崇韬深有谋略，辅佐唐主以成帝业，至是权兼内外，谋猷规益，竭中无隐，拈引人物，他相受成而已。

却说唐主自灭梁后，溺于酒色，专事音乐，或时自傅粉墨，与优人共戏于庭，优名谓之李天下。尝自呼曰：“李天下！李天下！”言尚未绝，只见一人向前披其颊曰：“理（李）天下只一人，尚谁呼耶？”唐主视之，乃是一优人，姓敬名新磨，此人善于音律，尤精歌舞，甚得帝所钟爱，至是如此戏之。当时，诸乐人出入宫掖，侮弄缙绅，群臣疾愤，莫敢出言。亦有交相附托，纳贿以干恩泽者，蠹政害人，恣为谗慝。且疏忌宿将，不恤军士。数出游畋，蹂践民间五谷，上下恣怨。

时有魏博将守瓦桥，留屯贝州，赵在礼据守邺城，遂谋作乱。唐主遣李嗣源率兵五万讨之。嗣源领命去讫，星夜到邺都扎了营寨。嗣源下令，命众军准备，次早进兵攻城。是夜，“从马直”指挥使部下军士张破败作乱，率众大噪，杀都将，焚营寨。比及平明，众兵各个持枪带剑，围逼中军。嗣源厉声叱而问曰：“你众人欲何所为？”众军齐声答曰：“吾等从主上十有余年，百战以得天下。今主上弃恩任威，且云克城之后，当尽坑魏博之军。我辈初无叛心，但畏死耳。今众议欲与城中合势，击退诸道之军，请主上帝于河南，令公帝于河北，以为军民之主。”嗣源曰：“汝等是何言乎？”因泣下以谕众军士。军士于是厉声一呼，左右相从，即共拥嗣源入城。城中军士不受，城外众军挺枪混战，内外皆溃，嗣源诈言，方得出城。即欲召兵，以攻为乱者，安重诲曰：“不可，公既为元帅，不幸为凶人所劫，安可以攻之？不如星夜诣阙，以见天子，庶可自明，此弭乱之计也。”

嗣源听言，即日结束，南奔相州。正值李绍荣在唐主面前进献谗言，奏嗣源在邺城已叛，自立为帝。唐主信之。比及嗣源上表诉明其事，又为绍荣所遏，不能上达，嗣源由是疑惧。石敬瑭谓嗣源曰：“夫事成于果决，而败于犹豫，安有上将与叛卒入城，他日得保无恙乎？今日事势如此，早宜决计。吾观大梁，乃天下都会之所，愿先取之，始可全身无事，此为上策也。”康义诚亦曰：“今主上无道，军民怨望，公若从众则生，守节则死。”嗣源曰：“吾亦知如此，恐招不义之名。”乃令安重诲移檄会兵，于是军声大振，遂以石敬瑭为先锋，李从珂为都总兵，引兵径入大梁。

此时李绍荣请唐主幸关东，召谕中原，唐主从之。及至万胜镇，闻嗣源已据大梁，诸军离叛，神色沮丧，乃登高叹曰：“吾不济矣！”即命旋师，径回洛阳。当日，与群臣正在商议御乱之策，忽闻禁中喊声大举，杀气冲天。唐主问是何处喧闹。近臣奏称：“‘从马直’指挥使、伶人郭从谦率所部兵，攻兴教门。”唐主听得大惊，急召救援。时朱守殷将骑兵在外，召之不至。唐主亲自率卫兵击之，乱兵四散，各自奔出门外。唐主乃引兵憩息于茂林之下，未及半刻，乱兵已烧兴教门，一拥而入。此时近臣宿将，皆解甲逃躲，独有指挥使李彦卿、军校何福进、王全斌十余人力战拒敌。俄而唐主为流矢所中，须臾而殂，彦卿等恸哭一回，不顾而去，左右皆从。伶人善友敛乐器覆帝尸而焚之。刘皇后见唐主已死，遂收拾金宝包裹数囊，系于鞍轿之上，与申王存渥及李绍荣焚嘉庆殿出奔去了。朱守殷领兵入宫，领宫人三十余个纳于其家，于是诸军大掠一番。是日，李嗣源至罂子谷，闻之大哭，谓诸将曰：“主上素为群小蔽惑，致有此失。吾今将安归乎？”逸狂诗曰：

灭梁继统后唐兴，何事庄宗政不明？
信任奸邪耽酒色，偏贪音乐宠优人。
迁都恣怨荒朝政，畋猎游观扰庶民。
自取乱亡何足惜，彦卿恸哭亦虚情。

第四十四回

# 唐明宗焚香祝圣

当日嗣源乃入洛阳，止于私第。禁止焚掠，得庄宗之骨于灰烬之中，以帝王礼殡之。文武百官三上笺请嗣源监国，嗣源乃泣诉于庄宗柩前，遂即皇帝位，称号明宗皇帝，改元天成元年，立淑妃曹氏为皇后，立子李从厚为太子；封冯道为平章事，封婿石敬瑭为六都卫副使，封郭从谦为景州刺史。从谦既至景州，唐主遣使诛之，夷其三族，以从谦叛庄宗之故也。

却说唐主自即位以来，年已六十，每夕于宫中焚香祝天曰："某本胡人，因天下扰乱，为众所推。愿天早生圣人，为生民主。"初无为帝之心，遭时多艰，邂逅得国。莅政之初，内无声色，外无游畋，不任宦官，废藏库之财，赏廉吏，治赃蠹，虽不知书，而所行暗合于道。年谷屡登，兵革罕用，较于五代，名为小康。

是年长兴四年秋八月，唐主染疾甚重。秦王从荣入内问疾，唐主低头不语。从荣见唐主病势已危，遂抽身出外。行不数步，只听得后面哭声震外，从荣疑是唐主殂了。恐不得为嗣。次日遂称疾不朝，密与其党设谋，欲带兵入侍，先制服权臣。乃遣都押牙马处钧谓朱弘昭、冯赟曰："吾欲率牙兵入宫中侍疾，且备非常。"二人曰："主上万岁之后，大王宜竭心忠孝，不可妄信浮言，妄行非为之事。”处钧将二人之言，回告从荣。从荣大怒。复遣处钧再往谓曰：“公辈殊不惧夷家灭族耶？何敢以言拒我？”二人患之，遂先入告王淑妃。淑妃大惊，急召孟汉琼、唐义诚商议拒王之计。义诚等面面相觑，竟无一策。

当日从荣率步骑千人，陈于天津桥。先遣马处钧至冯赟私宅。谓之曰：“吾今日领兵决入，公等存亡祸福，只在须臾之间耳！”赟听之大惊，乃驰入右掖门，来见弘昭、议诚、汉琼及三司使孙岳。冯赟谓议诚曰：“公勿以儿在秦府，左右顾望。主上拔擢吾等，自布衣列至将相，苟使秦王兵得入此门，置主上于何地乎？”义诚默然无语。

数人正在商议，未及半晌，忽见监门将士来报，秦王率兵已至端门矣。汉琼听言，拂衣便起，趋入殿门。弘昭与赟随之，义诚此时不得已，亦随之。汉琼见唐主曰：“今从荣作反，欲谋为帝，率兵攻打端门，乞陛下圣裁，早为定计。”此时唐主昏晕在榻，不能言语。久之，乃以手指天，徐徐泣下，谓义诚曰：“卿自处置，勿惊百姓。”控鹤指挥使李重吉，从珂之子也，时侍于侧。唐主曰：“我与汝父，亲冒矢石，出万死于一生，以定天下。从荣辈有什么功劳，今乃为人所诱，为此悖逆之事乎？以今之计，当呼汝父，授以兵柄。”重吉听言，即率控鹤军守宫门。汉琼遂召马军指挥使朱洪宾，使五百骑将，共讨从荣。从荣见内兵已动，其势浩大，不敢交战，即走回府。僚佐惊惧，尽皆逃遁。牙兵溃去，皇城使安。从益力斩从荣并其子，以献唐主。唐主骇然，大叫一声，昏厥久之，左右急救，半晌方醒。宫人复进汤药，由是疾愈沉重。时从荣一子尚幼，养在宫中，诸将欲除之，并灭余党，以绝后患。唐主泣曰：“此子何罪，苦欲杀之！”诸将力赞，唐主不得已，竟至典刑。冯道曰：“从荣所亲者，高辇、刘陟、王说而已，今数人已死，自非与之同谋，岂得一切诛之？”于是遂止。时宋王从厚为天雄节度使，众臣会议，遣孟汉琼召之。唐主乃召冯道听诏，嘱以后事。唐主遂崩，年六十九岁，时长兴四年也。史官评曰：

明宗美善颇多，过亦不至于甚，求诸汉、唐之间，盖亦贤主也。观其内无声色，外无游畋，不任宦官，废内藏库，四方贡物，悉归之有司，褒赏廉吏，严治贪墨。虽四方未平，而中土绥靖，享屡丰之报。若辅佐得人，过举当又少矣。其焚香祝天之言，发于诚心。天既厌乱，遂生圣人。用是观之，武丁恭默思道，梦得傅说，周公纳策金縢，武王疾瘳，天人交感之理不可诬矣！

凡在位天成四年，长兴四年，共八年。后人有诗赞曰：

明宗五代羡贤君，诚意祈天产圣人。
宋祖应期生甲马，天人交感理斯明。

逸狂有诗赞曰：

明宗御极本天成，泣诉庄灵发至诚。
外戒游观安社稷，内无声色肃宫廷。
亲贤惩蠹褒廉吏，寡过修身几太平。
五谷丰登民乐业，汉唐贤主不多称。

第四十五回

# 潞王夺位登天下

却说明宗既崩，平章事冯道秉政，迎立明宗次子从厚登基，称号闵帝，大赦，改元为应顺元年，葬明宗于微陵。时潞王从珂知从厚即位，遂举兵反于凤翔。兵势甚锐，人莫敢当。唐主遣兵讨之，官兵莫敢与敌，望见而降。潞王执西京留守王思同杀之，长驱至洛阳。闵帝开门出奔。未及数月，潞王即位。从珂本姓王氏，明宗之养子也。少从明宗征伐有功，甚得众心，朝廷用事者每忌之。初从珂镇凤翔，闵帝命移镇河东。将佐以为移镇必无全理，乃移檄邻道，起兵入清河去了。至是从珂至陕，诸将佐康义诚等皆来投降。及入洛阳，宰相冯道率百官相迎，遂即帝位，称号废帝，改元清泰。此时闵帝奔于卫州，废帝遣王峦赍送鸩酒，闵帝觉而不饮，王峦使将士缢死闵帝。

当时废帝与众臣商议备御之策，冯道奏曰："三关重地，夷人出入之所，必须得人把守，方保无虞。"废帝曰："朕封石敬瑭为六军诸卫副使，与桑维翰、刘知远、赵莹、柴研带领五万人马，前去把守。"却说石敬瑭本是西夷臬捩鸡之子，隶于明宗帐下，号左射军。尝脱明宗于危急之中，因有异相，于是明宗以女永宁公主嫁之。当日敬瑭领旨，径入木樨宫与公主辞别。次日遂带人马，径上三关把守去讫。

却说废帝正宫张皇后，乃勾栏之女。明宗长兴年间，废帝为潞王时，游于柳巷，见此女虽落风尘，美而且贤，可以奉箕帚，遂纳之。及即帝位，立为皇后。清泰三年元旦之日，废帝大会文武于廷，朝贺已毕，赐群臣宴罢回宫。永宁公主至帝前贺寿，酒罢，公主奏曰："今皇上接统御极，福布八荒，百姓讴歌，士民乐业。唯臣妾久留木樨宫，不得与石驸马相见。望皇兄垂念同胞之情，放妾回晋阳，与驸马一面，此隆恩也。"言罢，满眼流泪。帝因酒醉，乃曰："在此宫中有什么亏你？只思归晋阳，欲与石郎同谋作反耶？"公主泣奏曰："妾岂有此心？石驸马亦非反臣。"帝佯笑曰："朕戏言耳！贤妹可往朝阳宫见你嫂嫂，以尽人臣之礼。"公主领诺。

原来公主素轻张后出身微贱。当日领旨，无奈只得进宫。宫人报知，果然张后又恃至尊，妄自尊大，乃佯为不知，无人迎接。公主立在宫前半日，不见动静，愤然发怒，抢门而入。见张后端坐不动，公主正色责之曰："汝乃何等人出身，敢如此无礼？失了国家礼体。吾立了半日，既无宫娥来接，进得宫来，复又端坐不动，是何礼也？"张后曰："汝出言不逊，合得什么罪？以家法论之，吾嫂也，汝姑也。以国法论之，吾皇后也，汝臣也。入而不拜，自失其礼，尚敢责人失礼乎？"公主曰："我乃明宗皇帝之女，当今之妹，金枝玉叶。汝是一介烟花之妓，以君后压我国姑乎？若非吾夫把守三关严紧，使外夷不敢侵犯，吾兄安得坐享太平？汝亦安得为皇后也？"张后曰："汝不闻古人云：一岁为君百岁奴，汝夫虽有汗马之劳，受朝廷重禄，即朝廷之奴隶。汝虽皇妹，亦宫中使唤之人，焉敢在此夸口！"公主听罢大怒，即挺金笏向前欲打张后。张后忙赔笑脸，喜气相迎，徐谓公主曰："望国姑暂息雷威，念贱妾小可之辈，见识欠远，凡事望国姑容恕。前言特戏之耳！"公主于是掷笏在地，怒气稍息。日色已晚，二人各自退回。

却说废帝还宫，一班宫娥皆来迎接，宫内侍宴。酒至数巡，只见张后泣而诉曰："念妾身乃烟花之女，蒙陛下不鄙，使贱妾得侍巾栉一旦位居正宫，兢兢业业，未尝敢行非礼之事，满朝文武，称得贤助。不想皇姑今日领旨朝贺，不行君臣之礼，反出不逊之言，秽骂百端，又欲持笏打妾。贱妾固不足惜，毁及至尊，岂人臣之礼乎？"废帝曰："朕妹自幼曾习经史，从来知礼，安有此悖逆之事乎？"张后曰："陛下不信，现有宫人在此为证。若非妾赔笑脸，险被金笏所击，其欺妾一事，即欺陛下也。"要知废帝如何发落，且看下回分解。

第四十六回

# 石敬瑭反下三关

当日废帝被张后花言巧语，冒奏一遍，心中大怒，便遣宫娥去宣公主到来，不由分诉，即时送入冷宫，监禁一月，受了无限苦楚，不在话下。却说公主囚禁在冷宫中，悲啼自诉，饮食俱废，形容憔悴。只有一宫娥，原是冯丞相侍女，名李玉英，在冷宫服侍，见公主忧愁，以好言宽解。公主道：“我夫石驸马镇守河东，怎知我受此折磨，若有人传此消息与他知道，统领人马到京，将这贱人碎尸万段，方雪此恨。”道罢，忽见一只燕子飞到梁间。公主遂吟一诗云：

夫君难见面，忽睹双飞燕。飞燕识人情，来此深宫院。
谁知一种愁，缕结凄凉怨。传将边塞人，管取狼烟现。

公主吟毕，李玉英将此诗抄写传送冯丞相。丞相一见，惊曰：“这几日主上未曾设朝，那知有此事！”吩咐宫人带话拜见公主：“待驾设朝之日，奏准迎还，勿用忧煎，”宫人回话去了不提。

次日，废帝升殿，时当清明佳节，大会群臣夜宴，共议治平之事。见西北方一颗星，其大如斗，从天飞过东南，流光灿烂。又有一星，正照东南，其色煌煌，如欲坠地。废帝大惊，急问众臣。宰相冯道奏曰：“臣前者算今年罡星在于洛阳，不利于国，又见太白星经天，过午不散，请陛下谨防之。”废帝慌问其故，冯道曰：“永宁公主乃陛下之妹也，只因小节，陛下不审虚实，忘了金枝玉叶，即便监禁冷宫，受尽苦楚。今驸马石敬瑭把守三关，雄兵猛将极多，若知此事，领兵前来报仇，谁人可敌？今日此星，正应在此人身上，为祸不小，请陛下详之。”废帝曰：“何以解之？”道曰：“此事极易，万无一失。陛下即将公主释放，称言前日之故，皆因酒失，乃赐金帛，待以至亲之情，虽抱愤恨，安能加害陛下？此安社稷之计也。”废帝曰：“卿所奏，诚金石之论也。”

当日废帝悉从冯道之议，公主遂得释放。归至木樨宫中，自言：“主上信此贱妇之言，疏恩绝义，使我冷宫受苦，今虽见放，此恨怎消？谁肯往三关报知驸马，引兵来京报仇，吾之愿也。”言未尽，只见小卒应声出曰：“秦涉也，愿往三关报与驸马。”公主曰：“但恐反误事。”涉曰：“吾自有计以报，公主不必挂虑。”于是公主即修血书一封，付与秦涉。秦涉领书，结束上马，径到河东三关之下。未敢擅入辕门，但见：

兵雄马壮，石驸马正坐中军。左边列四十二员出征勇将，右边列三十六员参赞官僚。帐前戈戟森森，阶下三军整整。本官头顶束发紫金冠，身穿大红绣鸾袍，腰系金镶白玉带，脚踹粉底皂朝靴。正是威风凛凛，果然相貌堂堂。

有诗为证：

沙陀顿产栋梁材，紫气红光映玉台。
龙虎谋臣阶下立，貔貅战士帐前排。
三封诰敕分南省，两镇声名重九垓。
接受唐王为帝子，晋王兵马逼将来。

当日石敬瑭正升帐中，与桑维翰、刘知远、赵莹、柴研众将同守三关，操练人马，号令严肃，众将正在关上议事。忽报秦涉自都下来，敬瑭召入问之，涉答云：“公主因元旦朝贺，被张后疏慢，二人面殴一番。不意张后阴献谗言，主上大怒，将公主监禁冷宫受苦，后得冯丞相奏过，方才得免。特遣小卒奉书驰报，请将军察之。”怀中取出书呈上。敬瑭接了拆开视之，却是一纸血书，大惊，其书云：

妾李氏公主，书达夫君石驸马将军麾下。爰从适配，实为万幸，一旦分离，忧愁并积，虽宫中膏粱轻暖，难禁情有所思。适今正月，值皇兄寿诞，称觞已罢，奏归晋阳，以谐琴瑟。不意皇兄顿生多疑，恐妾回晋阳与夫君谋异，不允所奏，发归后宫。遭张后之谗，蛊惑皇兄，将妾幽禁冷宫，四十余日，饮食俱废，更欲置妾于死地。幸得丞相冯道力救，方免其祸。妾今度日如年，每遇穷檐夜雨，衰革凄风，但有凝望眼穿肠断，壁灯半灭，泪尽眼枯。血书到日，早作良图，倘若来迟，则妾为阳台不归之云也。临岐凄断，不知所云。妾李氏再拜。

敬瑭看罢公主来书，顿足大怒曰：“昏君贱妇，敢如此无礼，誓必杀之，以雪吾耻？汝且回避，待吾商议起兵。”秦涉自去营中安歇。敬瑭与刘知远议曰：“公主无辜受苦，此仇如何可报？”远曰：“明公久得士卒之心，今据形胜之地，士马精强，若兴兵传檄，帝业可成。岂可坐视而忍辱乎？”敬瑭曰：“汝言深合吾意，但恐谋事不成，反招祸害。”桑维翰曰：“主上即位之初，明公入朝，主上岂不知蛟龙不可纵之深渊耶？然卒以河东三关令明公把守，此乃天意假公以利器也。明宗遗爱在人，主上以庶孽伐之，群情不附。况公乃明宗之爱婿，今主上逆情见待，此非首谢可免，但力为自全之计，契丹主素与明宗约为兄弟，公诚能推心屈节以事之，朝呼夕至，何患不成？”敬瑭之意遂决，即令桑维翰写表称臣于契丹，且请以父礼事之。如事成之日，割卢龙一道及雁门关以北诸州与之。刘知远曰：“称臣可矣，以父事之太过。厚以金帛贿之，便足以致其兵，不必许以土地。今契丹引兵相助，得暂解目下之急，恐异日大为中国之患，悔无及矣。”敬瑭终不肯从。先儒读史至此有诗曰：

中国须教中国治，卢龙岂可属夷人？
尺一只因轻约誓，诸州从此入沉沦。
却将礼乐冠裳地，货作侏儒鴃舌伦。
读史至今遗怅恨，令人切齿怒庸臣。

却说使臣赍表至契丹，契丹主见表大喜，即遣慕容韬为元帅，领兵五万前来相助。当日敬瑭与众商议：“今我约会起兵，其势甚大，报仇必矣。倘废帝探知，先将公主害了，如何是好？”赵莹曰：“且宜按兵勿动，先遣一人，密地前去，将公主接出宫中，离了东京，方好行事。”桑维翰曰：“吾帐下一人，堪任此事。”敬瑭曰：“此人是谁？”维翰曰：“此人少不负囊，长而有勇，身长八尺，乃赵州人也，复姓宇文名涣。”敬瑭大喜曰：“吾闻此人之名久矣，得彼前去，大遂吾愿。”即修书一纸封好，便遣宇文涣前去。

涣领军令，星夜驰奔东京，径入木樨宫来见永宁公主。侍妾报曰：“三关有使来见。”公主唤入，细问其故。涣告曰：“某乃小卒宇文涣也，驸马欲报公主冷宫之恨，起兵十万，离了三关，杀奔京城。恐公主遭难，差某先来报知，早为脱身之计。今晚结束，便好上马，迟则误事。今有密书呈上。”公主拆开视之。书云：

拙夫驸马石敬瑭，致书于公主贤妻知道。即日兵临潼关口处，指日便到京城。诚恐不利于公主，不敢遽进，先遣宇文涣报知，速作脱身，离了京城。吾随后领兵前来，迎接到营，然后举事，方保万全。善觑方便，伏乞裁处。

公主览毕，“果有此事，你且暂退，我自有道理。”宇文涣着意催并一番而出。公主入见宫人韩月娥，暗暗垂泪。月娥曰："公主何故烦恼？"公主曰："念我在冷宫受苦之时，无计得脱，望空许下观音醮一坛，得至本宫，即便酬还。今已脱难，未了此愿，使吾悒怏不已。"月娥曰："休得瞒我，我已知道了。宇文涣报你驸马反下三关，欲接你去，故托此意。"公主惊曰："汝既知此事，吾安敢瞒？实无奇计离此，因此烦恼。"月娥曰："我有一计，离此不难。"公主请问其计，月娥曰："明早你当殿苦奏，酬愿出宫，吾同公主前去便是。"公主曰："若如此，生死难忘，切勿漏泄。"二人商议已定，公主便唤宇文涣吩咐云："你先出城于官道边等候，吾推还愿，与宫人月娥同行。"宇文涣曰："公主自宜仔细，勿误主帅之计。"

次日废帝升殿，众官拜舞已毕，永宁公主伏于阙下，奏言："只为元旦朝贺，与皇嫂相争拜见之礼，触怒龙颜，致被监禁冷宫受苦。当时暗思无计可脱，对天曾许观音醮一坛，已蒙圣恩赦出，理宜酬还。望陛下以慈悲为本，念兄妹之情，赐小妹往金莲观酬还此愿，小妹之幸也。"废帝许之，公主拜谢出朝。随即上了彩车，一班宫人侍女跟定出城，与宇文涣相会，五百军士，前遮后拥，离了洛阳，趱程而去。有诗为证：

一兄一妹不相容，听信谗言道不通。
不是石郎来阃外，戈矛原自起深宫。

当日文武皆散，比及报道公主与宫娥逃去之时，已是三日。废帝听得走了公主，慌集众文武商议。冯道曰："此必三关有人来此，暗通消息。既已接去公主，早晚必生祸乱，可急追之。"未知后事如何，且听下回分解。

第四十七回

# 废帝遣将追公主

却说废帝听得冯道所奏，遂大惊慌，便差梁刚、伍亮选五百精壮人马，无分昼夜，务要赶上拿回。二将领命去了。废帝愤怒转加，深恨公主差人书报三关。廖武曰:“陛下虽有冲天之愤，臣料梁刚、伍亮必追公主不来。公主自幼曾习武事，严毅刚正，众皆惧之。他既然有心上三关，那追赶将士若见公主，决然不敢下手。”废帝大怒，掣所佩剑唤慕容迁、朱弘昭听令:“汝二人将这口剑去取公主头来，违令者斩之。”二人随后点一千马军赶来。

却说公主加鞭纵辔，催趱而行，来到定嘉界口。望见背后尘头起处，众军报道，追兵至矣。宇文涣慌问公主曰:“追兵已至，如之奈何？”公主曰:“众军先行，吾当断后。”于是麾众人推车直出，卷其车帷，自喝梁刚、伍亮曰:“汝二人欲造反耶？”梁、伍二将慌忙下马，尽弃军器，俯伏车前诉曰:“安敢造反？为奉主上敕旨，领兵请公主还宫。”公主怒曰:“汝二匹夫果欲造反！朝廷不曾亏负于汝，石驸马是我夫主，把守三关，我已奏过主上，还愿已毕，许我上三关见夫。又不是私奔，你两个于山僻去处，引着军马追至，意欲劫我财物耶？”梁刚、伍亮喏喏连声，口称不敢。“请公主息怒，不干小将之事，乃是朝廷之命。”公主叱曰：“朝廷杀得你，偏我杀你不得？”把二将千匹夫、万匹夫骂不住口，喝令推车前进。二人自思：“我等本是臣下之臣，如何敢抗公主言语？”只得把军士喝开，放他过去。

才去不上五六里，只见背后慕容迁、朱弘昭赶到。梁刚、伍亮把却才言语说了一遍，慕容迁、朱弘昭二将曰：“你放差了。我二人奉朝廷旨意，特来追捉他。”四将合兵一处赶来。却说公主才脱得此难，正行之间，背后喊声又起，军马纷纷赶来。宇文涣又告公主曰：“后面追兵复来，如之奈何？”公主曰：“众人先行，我自挡住后路。”于是五百骑纵马先行，宇文涣上马立于车旁。四将追至，见了公主，只得下马叉手而立。公主曰：“汝二人来此何干？”二将答曰：“奉主上敕旨，特来请公主还宫。”公主正色骂曰：“都是你这伙匹夫，间谋我兄妹不睦。我已奏过主上，还愿寻夫，又不是私奔，今日谁敢阻挡？你四人倚仗兵威，特来中途害我乎？”正话间，只见前面一声炮响，山林内一队生力军杀出，为首一员大将，北平人也，姓赵名莹。四将见有准备，回马便走。赵莹领兵赶来，杀得唐兵大败，四散奔走。原来石敬瑭预先埋伏赵莹一支军马在此接应，唐兵一击而散，丧折甚多。赵莹收兵，护着公主与宫娥车马，齐上三关去讫。

却说石敬瑭接见永宁公主，夫妇不胜欣喜。当日便命赵莹为先锋，刘知远为副将，反下三关。大军依期而进，又有契丹主差将慕容韬引兵相助，于是水陆并进，声势浩大。前军已至陕界潼关下，张雄、韩虎正坐，报河东三关石敬瑭索战。张雄与韩虎商议退敌之策，韩虎说：“下官去见阵一遭。”披挂上马，领兵出关，问来将何人。敬瑭曰：“吾乃河东节度使、镇守三关、兼天下兵马大元帅石敬瑭，发兵要上京城，伐无道昏君。下马归顺，免尔一死。”韩虎大怒，拍马挺枪便刺，比手三合，被石敬瑭一枪戮下马而死。砍军一半，众将乘势杀上潼关。

张雄听得韩虎失手，寻一匹快马，跑上京城。进朝阳殿，望驾叩头奏曰：“三关反了石敬瑭，人马杀到潼关，韩虎战死。抢了潼关，大军随后已到京城。”帝闻奏大惊，问左右文武官曰：“敬瑭反入京城，何以退之？”诸将皆默然。忽一少年将军突然而出曰：“臣愿领兵活擒敬瑭。”众闻之大惊，此人非别，乃高思继长子高行周是也。废帝曰：“奈尔年幼，必得一人副之方可前往。”忽又一将进曰：“臣愿同破石敬瑭。”众视之，乃绍陵人也，姓郝名守敬。废帝大喜，即点兵五万，命二将出师，就拜高行周为行兵总管，郝守敬为副总管，即日进兵。

哨马回报，敬瑭之兵前队已到武陵下寨。行周亦催兵前到武陵，前后分作二寨。当日诸将谓石敬瑭曰：“唐朝遣高行周、郝守敬为将，扎住武陵界口，请主将发兵拒敌。”敬瑭怒曰：“谅此乳臭孩子，岂能为将与我交战？”赵莹曰：“既废帝命孩子为将，某请擒之。”敬瑭曰：“汝可用心为我擒来。”赵莹拜辞欲行，刘知远曰：“既赵先锋要去出阵，小将亦愿同行。”敬瑭许之。二将即日领兵前进不提。

却说高行周探知敬瑭之兵至近，遂拔二寨之兵齐起，列于武陵山下。敬瑭之兵出马，漫山塞野，金鼓喧天。两阵对圆，高行周引郝守敬并副将李超出马，立于阵前。遥望对阵中，拥出一队红旗，于中两员上将，银盔银甲，骏马红袍。左边赵莹持开山月斧，右手刘知远手挺安汉刀。两匹马左右驰骤。知远扬声大骂曰：“高行周竖子，死限临头，犹敢拒敌天兵耶？”行周亦骂曰：“谅汝敬瑭乃匈奴鼠辈，你不过一牧马饿夫，如何擅敢反下三关加兵于此，自送其死耶？”知远大怒，跃马抡刀，直取行周，行周挺枪来迎，二人战上五十余回合，不分胜负。赵莹挺枪跃马，便来夹攻。行周败走，赵、刘二将杀入唐兵阵中。敬瑭与柴研驱兵掩击，郝守敬跃马当先挥刀来迎，正遇敬瑭，未及一合，被敬瑭刺于马下。李超见刺死守敬，愤怒愈加，跃马来迎，又被敬瑭枪挑落马。当日敬瑭在阵，往来冲突，如入无人之境。敬瑭军马大至，杀得唐兵死者无数。此时高行周折了二将，势孤力穷，落慌逃去。

却说赵、刘二将请敬瑭商议云："如今高行周兵败将亡，可乘虚劫寨，则唐兵锐气尽挫，不敢复来拒敌矣。"知远曰："高行周虽然折了许多兵将，南军甚众，请俟明日用计擒之。"次日，高行周又引军来与知远交战，战上一百余合，知远诈败，行周后面赶来，被知远用拖刀计斩之。石敬瑭鞭梢一指，大队人马一起掩杀，各路埋伏军马同时杀进。各要争功，无不以一当百，杀得尸横遍野，血流成河。且看后面如何分解。

第四十八回

# 契丹遣兵助敬瑭

此时史建瑭正在营中养病，听得敬瑭军马大至，且杀伤许多名将，急披挂上马，正遇一队番兵拥至。为首主将乃契丹主伽离陀。怎生打扮？但见：

> 金盔雉尾紫缨飘，凤翅双分插凤毫。甲挂龙鳞金锁甲，袍披红艳艳红袍。带束狮蛮丝绣带，虎筋筋打虎筋绦。战靴靴踏描金凳，销金铺上绣金销。赤发发边生乱发，黄毛毛内长黄毛。怪眼圆睁睁怪眼，眉如铁线铁眉毛。古怪中间真古怪，蹊跷里面更蹊跷。

使一把蒺藜铁骨朵，臂悬雕弓一张，腰插雕翎箭十袋。背后皆是北番军马，披发跣足，各使大刀一口。建瑭见番兵势大，不敢交锋，拍马而走，被伽离陀一箭射中其项，带箭夜走，后到黑沙场箭疮迸血而死。后人有诗赞云：

> 五代英雄史建瑭，曾经一战破梁王。
> 循环天运合归晋，可惜将军带箭亡。

此时石敬瑭得契丹之兵，大获全胜。唐兵溃乱，各自逃生。契丹主引兵归虎北口，扎了营寨。敬瑭得唐朝降兵二千余人，刘知远劝敬瑭尽杀之。是夕，敬瑭出见契丹主，礼毕，敬瑭曰：“多谢大人军马相助，无恩可报。”契丹主曰：“当得相助，共成大事矣！”敬瑭辞别回营。

次日传令与知远催军直抵洛阳城下。周回四绕，水泄不通，满城军民心寒胆裂，并无一将出敌，日夜惊惶，号哭震天。废帝聚文武商议，冯道曰：“陛下当初轻信张娘娘之言，生此祸端。今公主已转回营去了，朝中那个是敬瑭敌手？为今之计，陛下莫若求和，重赐金帛，高升厚爵，方解此祸。”言未尽，石敬瑭兵到城下索战，当驾官来奏，帝甚慌张，只得依冯道之言，差吏部尚书李安祥奉敕书一道，金银各十车，彩缎十车，出城来到石敬瑭营外伺候。

报朝廷差官来，敬瑭令入见。李安祥行礼罢，敬瑭命坐，安祥起身徐徐曰：“主上闻驸马兵到，特差下官赍敕一道，封明公河东一派地方官爵，劳军金帛三十车，与明公讲和，免动干戈，以安生灵。”石敬瑭曰：“皇上不念骨肉之情，囚禁公主，听信张后之言，如要吾休兵息马，献出张后，明正其罪，即允其和。如有不然，杀进城中，寸草不留。”李安祥听罢，再不敢开言，即辞了石敬瑭，带原物回城。入朝见帝，将石敬瑭言语奏知。

帝闻失色，对文武商议曰：“石郎不肯退兵，此事如何？”言未尽，闪出一人向前叩头奏曰：“臣愿领兵出马一遭，生擒石敬瑭来。”此人是谁？帝视之，乃国舅张龙。帝曰：“若擒得石郎，卿就袭其职，镇守河东，赐卿御林军十万，名将二员李俊、常继忠，卿惟用心。”张龙披挂上马，领兵出城，布开阵势。石敬瑭匹马当先，喝曰：“来将何人？”张龙答曰：“吾乃国舅张龙是也。石郎早下马受擒，免污吾刀。”敬瑭大怒，拈枪就刺，张龙急架，比手三合，张龙力怯，拨马而走。敬瑭赶上，后心一枪，落马身亡。李竣、常继忠各拈兵器来战，未及展手，突出刘知远，一刀砍李俊于马下。常继忠措手不迭，被石敬瑭伸出猿臂，捉过马来，砍军大半。回营升帐，叫刀斧手押将常继忠斩首，辕门号令。传令三军，火急攻城。

城下鼓声如雷，喊杀连天，传报朝廷，帝慌问国舅见阵如何。当驾官奏道："张龙领二将出阵，俱被敬瑭杀死，折军大半。今敬瑭人马，攻城甚急，要讨张娘娘。"帝闻报慌张失措。此时，丞相冯道称病不起。帝问谁能出战敬瑭者，加官倍禄。两班文武，低头不语。帝无计，哭回后宫见张后，说："朕一时不明，囚禁公主，生出此祸。今日国舅出战，已被石郎杀死，攻城甚急，要讨爱卿，此事怎了？"张后奏曰："陛下不须忧虑，妾有一计，可成大功。京都郭坚固，一时攻不透，陛下明日领文武登城，面见石郎，与他说妾生一公主，才三日，待停过七日，献来与你。我这里一面密遣使臣，在邻郡求急，令他起兵来救国难。谅大唐天下，岂无一人仗义勤王者乎？延住几日，待各郡兵集，陛下亲率人马出城，里应外合与决一战，石郎可擒矣。"帝悦曰："爱卿此计甚妙。"

次日同文武到东门城顶敌楼上，令呼石敬瑭说话。敬瑭正督将士攻城，闻帝宣召，领兵到东门城下，立地仰见。帝在楼上问道："石驸马，联未曾负卿，卿如何相逼之甚？"石敬瑭奏道："臣亦不敢负陛下，只献出张后以正国法，臣即退兵。"帝曰："皇后近日分娩一公主，未满七日。卿既只要张后以息干戈，权且将人马退去四十里屯扎，待过七日，即献与卿，任卿发落。"石敬瑭曰："陛下既许七日之后献出张后，臣即退兵四十里外扎营。"

帝见石敬瑭人马退去，暗喜石郎中我张后之计，与文武回朝。帝退入宫，见张后说知石郎退兵之事。张后奏曰："事不宜迟，陛下作速颁敕于各处告急。"帝即写下十数道告急草敕，差官赍赴各郡去讫不提。未知后事如何，且听下回分解。

第四十九回

# 桑维翰献策取城

却说石敬瑭安营升帐，与众将正议论此事。军师桑维翰向前道："此乃惑兵之计，延住我军，待救兵到，里应外合来攻，驸马不可不提防。"刘知远道："张后分娩三日，只问公主，在宫中岂不知曾有孕否？诡诈可辨矣。"敬瑭曰："此言有理。"即请公主，问其虚实。公主笑道："那贱人自来不曾怀孕，今言生产，此诈计也。"石敬瑭亦笑曰："果不出二人之所料。"乃令公主回后帐，欲领兵复去？攻城。桑维翰曰："攻城急，则城中死守，反难成功，不如将计就计，京城可得。"敬瑭曰："军师有何妙计？"维翰曰："城中有故人舒必达，现居排阵使之职。小官修书一封，密令人送去，与他讨回书。里应外合，必成其功。"敬瑭大喜，叫维翰即修书一封，差得当人径送入城，到舒必达处投递。必达将书拆开，看其书云：

乡故人桑维翰，端肃书奉贤契舒大人座下。一别风采，又隔数年。不才居石驸马幕下，极蒙擢用，言听计从，情如父子。今举兵入朝，肃清妖孽。剑戟凌空，饮马长河。乾刀磨巨石则缺，以斯制敌，何敌不摧？以斯攻城，何城不克？视京都取在旦夕，目宫殿应居眼前。诚恐兵入城阙，玉石不分。我念故人，趁此时正乃立功名取富贵之秋，何不弃无德就有德，早献城门，以图后计。石驸马感公高谊，必显官重爵，岂不美哉？若待我军成功，虽欲从之，无由矣！伏乞裁断，早做定夺。

舒必达看书罢，即修下回书，付差人带回营中，呈与敬瑭。拆开看云：

乡兄翰示，弟捧诵之，自不觉心神驰于兄幕矣！矧此时，主上沉湎酒色，上下离心，人无斗志。趁今夜未备而攻之，弟整兵东门以伺。只此回知，伏乞台照不宣。

石敬瑭看书毕，与众将商议进兵，整点火炬。天色将晚，大军离营，挨到城下，已近二更。敬瑭先差人打探城中动静，回报东门内隐隐火起。言未毕，又报东门城已开了。敬瑭听报，当先杀入，只见舒必达立在门边伺候，引着三关人马，一拥进来。喊杀连天，火炬照耀如同白日。四下官军，闻知河东人马入城，各奔逃生走了。敬瑭下令，不许伤百姓，只擒昏君与张后来献，重封官职。众军闻令一起杀入宫中。

却说废帝正与张后在宫中饮酒，听得外面喊声，问今夜如何恁来的喧闹。左右报曰："我主尚在此饮酒，石敬瑭兵已杀入城，各官都走了。今抢入长朝殿，我主快走。"废帝听罢，惊得口呆目痴，大叫："爱卿，我顾你不得了。大唐天下，想是石郎的。"即将传国玺缚在身上，走去玄武楼中，叫内官下头放起火来。一霎时火势张天，烈焰腾空，可怜一国天子，焚死玄武楼中。同时宫娥采女被烧死者，不计其数。

天色微明，石敬瑭叫救灭宫中之火，登长朝殿坐下，问驾何在。刘知远说："驾见我兵入城，走上玄武楼自焚死了。臣在火烬之中，拾得传国玺来献。"石敬瑭大悦曰："不想头功被你建了。"又问张后走那里去。报宫官捉得张后来了。敬瑭叫拿入跪于阶下。敬瑭一见张后，生得绝色，自忖欲留在后宫，以充己用，遂叫张后："你因何起妒心，谗害公主，囚禁冷宫？今日拿在此间，有何理说？"张后满眼掉泪道："非妾敢忌公主？是公主忤皇上旨意，囚禁他。乞驸马赦妾之死，放归原籍，不愿居宫中也。"石敬瑭未决，倒有留恋之意。殿前闪过刘知远，曰："明公因这人举兵入朝，亲冒矢石，军士劳苦，方得京城。皇上亦因他身死烈火之中。今若复留此人，久后为祸不小，速正其罪，以明国典。"石敬瑭尚自不忍舍，桑维翰也不待出令，叫刀斧手押去法场。不移时，斩讫回报。后人有诗为证：

立娼为后败纲常，姑嫂相戕惹祸殃。
败国亡家皆女子，古今垂鉴细思量。

第五十回

# 石敬瑭洛阳即位

却说敬瑭见杀了张后，回嗔作喜曰："杀得好！"公主来到，敬瑭接入，问公主出宫有何事说。公主道："妾当初在冷宫之时，多得李玉英扶持，故今日得与驸马聚首，皆此人之功，乞驸马当报其恩。"石敬瑭即令宫中寻访李玉英。左右报玉英因军乱入城，走在冯丞相府里去了。敬瑭差人寻得玉英来，赐他珠冠，与公主同享富贵不题。

次日石敬瑭聚集旧时文武，在长朝殿商议，欲访唐室子孙，迎来接位。舒必达厉声曰："大唐已无后矣，天运当属明公，今日就理国事，何必更访迎他人？"敬瑭再三推让，不肯自立。契丹主谓敬瑭曰："吾不惮三千里远来相助，幸喜仇家已灭，观汝器貌识量，真中原主也。吾欲立汝为天子，汝意若何？"敬瑭曰："皆赖大王之力，愧某无德，敢当此大位？"契丹主曰："不必谦辞，吾意已定。"诸将共劝，敬瑭不能辞，于是契丹主亲作册书，命敬瑭即皇帝位，国号大晋，改元天福，自解衣冠授之。当日敬瑭写立合同文字，先割幽、蓟、瀛、莫、涿、檀、顺、新、妫、儒、武、云、应、寰、朔、蔚十六州，付与契丹主，以为报酬之礼，仍许岁纳锦币三十万。契丹主受了文字，遂带人马自归本国不题。

却说敬瑭既送契丹主还国，自称号曰高祖皇帝。朝例法制皆遵明宗旧典，封赵莹为翰林承旨，桑维翰为翰林学士，权知枢密院事，刘知远为侍卫马军都指挥使，客将景延广为步军都指挥使，立永宁公主为皇后，其余文臣武将各个论功升赏。时藩镇多有未服，皆怀忧惧不安，兵火之余，府库惮竭，百姓困穷，而契丹征求无厌。桑维翰劝晋王推诚弃怨，以抚藩镇；卑辞厚礼，以事契丹；训练兵卒，以修武备；劝课农桑，以实仓廪；通商薄税，以丰货财。晋王大喜，嘉纳其言。时天福二年二月，洛阳城中军情告急，信州刺史谢天然表称王延政称帝于闽之建州，国号大殷，置宫立妃，反背朝廷，兴兵侵犯边界，动扰南方。当时晋王命谁出师，且看下回分解。

唐自庄宗至此，凡四主，实三姓，共一十四年，唐遂亡。逸狂有诗断云：

后唐几度扫征尘，四帝相传三姓臣。
祸乱皆因生宠贵，兵权岂可付奸人。

石敬瑭接位，改国为晋，残唐到此，其统绝也。有诗为证：

位立庄宗甲马消，明宗仁德岁丰饶。
石郎兵出潞王死，一统山河属晋朝。

第五十一回

# 晋兵智困王延政

却说王审知乃光州固始人，王潮之弟也。唐昭宗时，王潮据闽已卒，弟审知封为闽王。审知立延翰为嗣，延翰骄残，暴灭兄弟，被审知养子延禀弑之，而立其弟延钧，更名曰璘。璘又被其臣李仿所弑，而立福王昶为帝。未及数月，昶又为叔曦所弑。曦既立，骄淫苛虐，建州刺史王延政数以书谏之。于是兄弟积相猜忌，治兵相攻，互有胜负。闽粤之间，暴骨盈野。曦立方二十一年，指挥使朱文进谋弑之，而自立。闽人共讨，杀文进傅，首建州。至是，延政乃自称帝，国号曰殷。有平章事潘承佑上书陈十事，大旨言兄弟相攻，荡灭天理，一也；赋敛繁重，力役无节，二也；发民为兵，羁旅愁怨，三也；杨思恭夺人衣食，使怨归于上，四也；疆土狭隘，多置州县，增吏困民，五也；将攻临汀，不忧金陵钱塘乘虚相袭，六也；括民货财，逋逃者被刑，七也；征果菜鱼米利，八也；即位未尝与邻通德，九也；宫室无度，荒淫酒色，十也。殷主延政大怒，削去承佑官爵。参军雷友金谏曰："晋以重爵加封主公，又令镇守边隅，不征钱粮。今若反背，深为不忠。加之刘知远善能用兵，威振华夏，当初唐兵尤自惧之，况主公乎？"延政大怒，将友金推出斩之。乃令大将苟琳、虞淳为先锋，起八闽军马，共得十五万，于路放火掠。

晋王闻之，即宣刘知远至洛阳商议起兵。此时刘知远在长安，星夜赴洛阳面君。晋王曰："远宣将军还朝，别无他事，今王延政负义谋反，不可不诛。"知远奏曰："臣部下马步军五万，足可破王延政矣！"知远举柴研为正先锋，石炖为副先锋。晋王远送出城。大队人马南行，只见旌旗掩日，金鼓喧天，杀奔建州而来。

却说哨马飞报王延政，延政略有惧色。即差人求救于吴越。越王先差董铨为先锋，周麟副之，引本部军二万五千，前来迎敌。晋军中，柴研出马，与董铨交锋。战不十回合，铨拖枪败走。周麟出马接战，抵敌不过，亦拨马而走。晋兵掩杀前来，越兵大败，退走十五里。小卒报入建州，王延政亲自引二万人马出阵。延政曰："谁敢出马搦战？"只见部下一将，姓晁名镗，应声而出，前来晋兵营前搦战。

刘知远在帐中，听知王延政会合越兵来决大战，乃聚众将商议。张会进曰："越兵救王延政者，实图利也。"知远曰："此言甚善。"遂唤副将陈燧、李援引两军去叶坊埋伏；却令柴研、石炖尽伏精兵为后应；先拨一万弱兵，令偏将田芳提领前去诱敌；阵后多载牛马辎重，及赏军之物，四面聚集。当日王延政在军中，晁镗在左，董铨在右，三军更不答话。田芳军马皆弱，抵敌不住，望风便走。三路掩杀，晋兵大乱。放起号炮，陈燧、李援引得两军齐出。随后柴研、石炖大率精兵飞奔而来，势如山倒。刘知远随后亦引军杀至。王延政大败，奔入建州城。刘知远令军士四面围定，并力攻打。此时越兵退于剑潭，晋兵屯于建邑。张会曰："今延政虽败，城内军士屯住不出，更有越兵屯在剑潭，为犄角之势。若四面攻打太急，贼必开城死战矣。越兵若来，内外夹攻，吾军必不获利。不如只攻三面，容南门与贼出走，走而击之，可全胜矣！"知远曰："真妙算也！"于是命柴研撤退南门之兵，只攻东西北三门，各筑低土城，示为久计。

却说晋兵攻围日久，建州城中粮尽，人皆相食，众欲杀王延政。

延政惊慌，即使其相谢甫献城投降。谢甫来到晋营，知远问曰：“汝来欲何为也？”谢甫告曰：“请将军权退兵三十里，君臣当自缚而降。”知远大怒曰：“反贼辄敢轻吾！”叱左右推出斩之，将首级付予从者，发回见王延政。延政见斩了谢甫，心中大惊，与文武共议出奔。是夜二更，带百骑开南门而走。只见悄无兵士，延政心中暗喜。行不到五更，山头上一声炮响，当先一军摆开，中军刘知远，左柴研，右石炖，大喝：“反贼休走！”王延政见有埋伏，落荒回马。后面喊声又近，左有陈燧，右有李援，更兼田芳军马四面围定，王延政下马受缚。晋兵尽已入城，诛杀延政宗党七十余人。于是出榜安民，令众官分地把守，赏犒三军。八闽悉平，将延政捆赴洛阳面君。晋王赦之，封延政为羽林将军，奉命听调。复又赏犒三军不提。却说流星探马飞报边关告急，不知何处兵马入寇，且听下回分解。

第五十二回

# 刘知远奉命出师

晋高祖皇帝天福三年，镇州安重荣结连并州铁笼山强贼孙飞虎作反，抢掠附近居民，聚兵二十余万，要来寇京都，各处有本到京告急。帝一日设朝，文武奏知此事。汪太史亦奏：“毛头星横于紫微垣，正应镇州分野，主干戈之兆。乞陛下调将诛除，若是迟缓，必有犯阙之祸。”驾问：“谁人可以领兵征讨此贼？”言未尽，武班中闪过刘知远向前奏曰：“臣虽不才，愿领兵前去征讨。”帝准奏，就加封刘知远为镇南节度使总天下兵马大元帅之职。知远领旨出朝，次日升帐点兵。手下有大将二员，一员姓史名弘肇，郑州荣泽人，生得浓眉大眼，声似洪钟，使一把大刀，重七十余斤，有万夫不当之勇。一员姓郭名威，邢州尧山人，身长九尺，膀阔一围，幼年令人项下刺着雀儿，人皆称为郭雀儿，使一根铁钢矛，上阵如飞。知远见二人英雄，倚为心腹之将。当下点兵有二十万、副将四十员。一声炮响，大势军马出城，往镇州进发。数日行到金井关，知远传令扎下三个大营，左营史弘肇，右营郭威，自居中营。

却说守关将一名戴礼，幽州人；一名黄文宝。各使一把大刀，人不敢近，乃是孙飞虎战将。飞虎见二人英雄，令他们把此头关。小军报晋王遣大将刘知远领兵来到。戴礼商议曰："晋兵来此，不要与他厮杀，关城险固难攻，我与你多设檑木炮石打将去。"黄文宝曰："晋兵远来疲困，营寨尚未坚固，待小将杀他一阵。"戴礼阻挡不住，文宝领兵冲下关，摆开阵势。晋阵中史弘肇一马当先，喝曰："来将何人？报名好取首级。"文宝曰："吾乃守关大将黄文宝。"史弘肇听了姓名，拈刀便砍，文宝急架相迎。战不两回合，文宝刀法渐渐乱了，抵敌不住，拨马便走。史弘肇赶上，避开刀，轻舒猿臂，将文宝擒过来，横担马上，跑回本营，来见知远，叩头道："小将捉得贼将黄文宝在此。"知远叫将他绑解来，问着肯降么。文宝道："元帅留我残生，情愿投降，为帐前一小卒。"知远饶了文宝，收为裨将不题。却说文宝败兵走上关，报道文宝被晋兵拿去了。戴礼曰："文宝不听吾言，自取其祸。"传令关上，多设炮石弩箭，山僻处砍伐树木，塞断小路，再差人往镇州求救兵相助不题。

却说刘知远令史弘肇率兵攻关，关上炮石弩箭飞蝗下来，人不敢近，打伤人马，回报知远。知远叫文宝商议道："此关还有别路通得镇州么？"文宝说："只有两条路近，北山可通镇州。铁笼山只恐将树木塞断，不能前进。"知远问文宝有何计过得此关。文宝曰："守关将戴礼颇有机谋，若只有攻关，一年也过不得，除非用诈降之计，里应外合，方能成功。"知远曰："我意欲你行此计如何？"文宝道："蒙元帅不杀之恩，小将愿往见戴礼，说他今夜来劫营，元帅埋伏兵马，接应取关。"道罢即披挂上马，引原降步兵二十余人，径奔上关。看他此计可成？且听下回分解。

第五十三回

# 文宝赚关杀戴礼

却说黄文宝受计，遂引人马行至关下，已是黄昏时候，大叫开关。军人在敌楼上认得是黄文宝，报知戴礼。礼道：“夜间难认真假，且莫开关。”又报文宝走脱晋营，有机密事说。戴礼乃自引众人来关上看，果是文宝，戴礼令人开关放入。黄文宝进帐中见戴礼，羞愧道：“不听公之言，被他拿去，权时顺降，欲乘便烧营，未得机会。今听得京城报来，晋主病重，要召回刘知远商议国事。晋营得此消息，人各收拾，准备起程，不甚提防，被我偷得一匹马脱身归。趁晋兵归心已乱，人无斗志，今夜我与兄统领军马，劫他营寨，必成其功。”戴礼道：“只恐是晋人之计。”文宝曰：“小弟亲听得此消息，有何计哉？我部兵先行，兄急随后救应。”戴礼依其说，传令拔寨起行劫营。

却说刘知远令史弘肇领五千兵埋伏关下，等他兵一出，即乘势杀入夺关。“此便是你头功。”史弘肇说：“文宝初降，未知心腹，元帅自须斟酌。”知远道：“只依我军令，自有分晓。”史弘肇不悦，引兵去了。知远传令，叫军将四下埋伏，听候火炮一起，四下杀进，只留空营等待。且说黄文宝引兵先行，戴礼随后亦到，时将三更，文宝道：“晋兵下三个营寨，我劫左营，兄劫右营，杀到中营取齐。”戴礼道：

“兄弟所见有理，你可先杀进。”文宝匹马当先，大叫一声“劫营”，杀进去。戴礼也杀入右营，却是空营，自思莫非晋兵去了？复杀到中营，不见文宝。戴礼令人去探，回报文宝不知那里去了。戴礼大惊曰：“吾中奸贼之计矣！”急令催兵回关。忽晋营内火炮震天，光照山川，四面八方，晋兵潮涌而来。戴礼不敢恋战，杀开一条血路，走到关下。关上火把齐明，一将大叫：“戴礼如何不降？”取关者，乃史弘肇也。戴礼见了，不敢往南走，勒马奔西路杀去。前遇着郭威阻住，两马相交，比手三合，被郭威一矛戳死马下，尽降其众。郭威收兵，到金井关取齐。

天色已明，知远部大军入关安民。郭威、史弘肇各献功毕，史弘肇问曰：“元帅如何知文宝此计可成其功？”知远曰：“文宝初降之时，我观其才貌，是个好汉，故释之，委为将，以安其心。金井关原是他守，必熟知地势，吾故问他求计。彼献此计出乎本心。使他人，如何进关？唯文宝可成此功。用之而无疑，吾不负文宝，文宝宁负我乎？今得此关，胜用数万人马之力矣。”史弘肇拜服曰：“元帅深谋远识，我等皆不及也！”知远传令进兵，一声炮响，大军离了金井关。行了数日，望铁笼山不远，知远下令安营。

却说铁笼山孙飞虎把守，部下有四员副将。一名萧龙，使一杆方天戟；一名萧鲸，用一把大刀。至亲兄弟，泽州人也，原亦绿林中出身，孙飞虎招来相助。又二名，一名曾杰，一名刘真，皆郓州人。曾杰有智谋，刘真通武艺。安重荣表二人为押衙将，差来与孙飞虎同守北山险要之地，严加把守不题。且听下回分解。

第五十四回

# 飞虎据守铁笼山

却说孙飞虎镇守此山，又得四将同心协助，这山原名铁笼山，只有东、北两条路，东路当中通镇州，北路斜去通并州，四下皆是高山，团围似座连城一般。若有五六百人山顶守住，任有十数万人马攻击不得。孙飞虎正坐，小军来报晋兵到。飞虎与众将曰："日前金井关戴礼差人镇州讨救兵，今救兵未去，金井关已失，大队人马又来到此。镇州以我两处为咽喉也，一处不保，此处如何抵敌？"曾杰向前道："将军！依小将计，只要守，不要战。我听得刘知远部下二将，一人史弘肇，一人郭威，皆有千军之勇。若与他厮杀，必难取胜。我这里有十年粮草，数万精兵，只须严把住路口，多设鹿角炮架，以防攻击。他大军远来，粮草难够支应，不消一月，必思回军。乘他困饿而去，我出精兵袭之，绝无不胜。"言未尽，闪过萧龙向前道："曾兄如何这等怯弱？今晋兵临境，百姓惊惶，趁其营寨未定，正与他一战，杀退敌军，以保百姓，方显英雄。末将兄弟，出马一遭，生擒史弘肇、郭威来献。"孙飞虎拨与他兵一万，萧龙、萧鲸二将披挂上马，耀武扬威，领兵出阵。众军发喊，巡哨军卒报入中军。

却说刘知远正在帐中，报有人索战，知远问谁去迎敌。帐前闪过郭威道:“小将愿往。”知远拨与他兵二万。郭威披挂绰矛出马，跑出阵前，见有两员将官，怎生打扮？有诗为证：

对对红旗间翠袍，争飞战马转山腰。
日烘旗帜青龙现，风摆旌幡朱雀摇。
二队精兵夸勇猛，两员强将逞英豪。
萧龙左下方天戟，右手萧鲸偃月刀。

萧龙一马当先，问：“来将何名？”郭威曰：“吾是晋元帅刘知远部下大将郭威。问尔何人？”萧龙日：“吾是总兵帐下牙将萧龙。”萧龙舞戟便刺，郭威用矛刺死萧龙，萧鲸赶来报仇，被郭威一铁锏打中脑盖而死。败兵走回报孙飞虎：“萧家兄弟被郭威杀了。”飞虎大惊，传令紧守隘口不出。知远无计，闷闷不悦。郭威劝其安营，围困之。

却说安重荣听得知远过了金井关，如坐针毡，牙将张孟德劝降，董琦向前曰:“末将有一计，可成其功。契丹主手下有一个幸臣名阿思恭，大王可修书一封，遣人将金宝送与他，请他向契丹主说，这里情愿纳贡，只要令人入晋，与晋主说调回刘知远军马。再结契丹主，叫他襄助人马，杀入洛阳，夺取晋朝天下。”安重荣然其策，即遣张雄、李勇径赴大辽，见阿思恭道知。

阿思恭得了金宝，次日见契丹主，将安重荣事奏知。契丹主遣使乔荣赍诏入朝，要晋主调回刘知远人马。晋主问群臣此事如何。桑维翰奏曰:“既契丹主有诏书来，陛下当要依允。”景延广曰:“不可。镇州作反，出师以正其罪，近日捷报，功在垂成。今若调回，将前功尽弃，致后来之祸。陛下且把诏书停下。”尚书李嵩亦劝调回人马。晋王正遣使命前往边镇，不想延广先差人去见知远，告知不要回兵。知远得知，正与群将计议，忽报朝廷差使命赍诏旨来召班师，计议收军。欲知后事，且听下回分解。

第五十五回

# 弘肇活捉孙飞虎

知远接得诏书，心中不悦，进退两难，正在疑惑不决。史弘肇曰:“将在外君命有所不受，功在垂成，而诏班师，他日之祸，自今日始矣！兵贵神速，只管进兵平复镇州。班师而回，随朝廷发落。”知远传令进兵，史弘肇手执团牌登山，先砍死十余人，郭威从后一跃上城。史弘肇捉了孙飞虎，郭威一锏打死刘真，曾杰正走，被晋兵砍为肉泥，放火烧了营寨。知远叫刀斧手斩了孙飞虎，号令大军来到镇州。安重荣唬得魂不附体，与众商议，再差人结纳契丹主来相助，一边令张仲达出马。与史弘肇比手数合，被史弘肇一刀挥作两段。大军围了四门攻打。报安重荣:“张仲达被杀死，人马困了城池。”安重荣半晌无语。董琦说:“明日主公亲临阵，末将愿为先锋。”张仲德回府寻思个自尽去处，免被晋人所辱，径入后园，投于绿荷池中而死。

安重荣领兵将出城，报知知远，知远出阵，大骂:“反贼下马受死！”举安汉刀就砍。安重荣副将周虎举枪急架，又被知远斩于马下。安重荣便走，知远直入北阵。郭威遇着董琦，一矛刺死。安重荣走入城中不出，知远一连困了四十余日。时乃六月，城中无水，多有思献城者。牙将胡衍见城中干暴，与众商议，写书拴于箭头上，射入晋营通信息，里应外合取城。知远得书，即传令众军接应。三更时分，胡衍引众开了水碾门，放起火炬，大叫晋兵入城。史弘肇先杀入城中，安重荣惊惶，匿在民家躲避。天明，知远入城安民，胡衍请罪，知远说："你有献城之功，免了前罪。"民家献出安重荣，知远令囚起解回京城。次日，知远拨将守镇州，传令班师，到京城朝见晋主，奏知平服镇州。晋王大悦，旨下斩讫安重荣，将首级函封，差使送去见契丹主。封知远为邠州太原府节度使，便往镇守太原去了。

却说契丹主见送安重荣首级来，大怒曰："石郎为天子，从何得来？"即发使回见石郎，说："吾有带甲二十余万，若再如此违我言语，即统兵来中原，立他姓为君。"使命喏喏而回，将契丹主之言奏知晋王。晋主不悦，退入宫中，忧愤成疾。大臣桑维翰等入宫中问安，晋王流涕曰："不济事矣！坐卧不安，夜见强魂来宫中索命。"病势沉痾，渐渐危笃。差使捧诏宣知远还朝。天福七年，刘知远班师还到洛阳，入宫朝见晋主。主曰："朕忍死以待卿回，今日得见面，无遗恨矣！"知远曰："臣在建州得手诏，闻陛下龙体有恙，恨不能插翅飞至阙下，省视陛下。"晋主宣齐王重贵并皇后张氏、宰相冯道及景延广等，齐至御榻之前。晋主曰："朕太子重睿年幼，不堪掌社稷之重任，今国家多难，宜立长君以安人民，幸有皇侄重贵，可居此位。愿汝众卿以伊尹、周公之心为心，俟重睿稍长，传位与之。诚宗庙生灵之大幸，亦吾家之大幸也。"言讫，唤齐王近前，复指刘知远曰："汝众臣为证，此位当还重睿，毋负朕心。"知远流涕，众皆伤感。晋主口不能言，须臾而崩。时天福七年正月上旬也。寿五十一岁，在位七年。史臣断曰：

晋祖以唐朝禁脔之亲，地尊势重，迫于猜疑，请兵契丹，赂以州邑，而取人之国。以中国之君，而屈身夷狄，玩好珍异，旁午道途，小不如意，呵责继之，当时朝野，莫不痛心，而晋祖事之，殊无赧色。夫似古人行一不义，杀一不辜，而得天下，犹且不为，况附夷狄以伐中国，又从而取之者乎？《纲目》

书晋王尊号于契丹，契丹加晋王尊号，所似着中国事夷狄，首足倒悬之极，其恶契丹，而贱敬瑭也，甚矣！

逸狂有诗责晋之君臣云：

智短才疏石敬瑭，闺闱嫌隙祸萧墙。
结连北虏颜何厚，反下三关罪莫当。
屈膝称臣甘耻辱，请封割地坏纲常。
奸臣阿附桑维翰，十二年来尽灭亡。

第五十六回

# 立齐王重贵为帝

是日，晋王卒于正殿。冯道、景延广二人辅政，即立齐王重贵为帝，改元开运。太子重睿养在宫中。自立新君后，谥晋王为高祖皇帝，尊张氏为皇太后，葬高祖于显陵。此时，刘知远出镇晋阳。却说晋高祖初即大位，乃契丹所立，事之甚谨。至少主即位，景延广与众商议云："今高祖晏驾，告哀契丹，不复称臣。"众皆然之。契丹主闻此大怒。未及数月，延广又囚番使，未几得脱，归报契丹主："先帝是北朝所立，故称臣奉表。今新君乃中国所立，与我国无预，只宜为邻称好足矣。如若发怒，准备厮战，更有十万横磨刀剑以待。桑维翰屡谏逊辞以谢我国，每为景廷广所阻。"于是契丹主闻此消息，即点三军渡河入寇。契丹主曰："所虑者，刘知远现屯兵镇守太原，恐出兵断吾之后。"别遣御弟伟王为元帅，李得、樊彪为先锋，领兵五万，先攻太原。自领大将赵延寿、杨光远统兵十五万，往洛阳进发。

却说伟王人马到太原下营。刘知远听知，郭威进说："此必契丹主兴兵入朝，恐我军截其后，故先来攻太原。末将见阵一遭！"郭威披挂上马，出营与樊彪交战。樊被郭威用矛刺死，杀军大半。败卒回营报伟王："樊彪被郭威刺死。"伟王大惊，李得叩头道："小将愿往擒贼。”遂出马阵前搦战。知远听得，令史弘肇见阵。郭威引一支兵从西路去辽帅总营放火。李得与史弘肇交马一合，被弘肇一刀劈落马下。辽兵大败，奔归营，只见营内放火。伟王匹马逃生，郭威领兵从营后杀出，伟王慌张，被郭威一矛刺死，辽兵杀了大半。郭威与史弘肇收兵，回见知远，差人打听契丹消息。

却说契丹主兵正行，报伟王军马尽被知远部下杀了。契丹主大惊曰："知远必乘胜而出，使吾无葬身之地。"赵延寿告道："我主不必忧愁，可再差耿雍屯在柳河川把守，以防太原兵出。"契丹主听说，差耿雍屯在柳河川守把去了，自领兵到贝州围了城池。守贝州吴峦引兵出城，与杨光远比手三合，吴峦力怯走回，被杨光远赶上，乘势杀入城中。吴峦自料难以脱身，投井而亡。契丹主入城投扎。次日，人马到济阳下营。

却说幼主即位以来，不理国政，与景延广日夕在后苑饮酒取乐。一日正饮间，报契丹主引兵入寇，破了贝州，不日到京城了。幼主大惊。景延广奏曰："我主无妨，只遣大将杜威部兵前去迎敌。"

杜威受命，同副将二员李谷、张英领十万兵到济阳安营。李谷献计："令众军砍伐树木，置水中做桥以渡，我引一支兵抄出他营，放火为号，可成大功。"杜威不听李谷计，领兵出营索战。赵延朗一马当先，与晋副将张英交锋，赵延寿舞刀相助，李谷也举枪夹斗。正战之间，忽一阵大风，把晋军旗号吹倒。众军不能开眼。延寿乘风势杀来，李谷马失前蹄，被延朗捉了。延寿一鞭打死张英，杜威自缚纳降，收拾军中去了。契丹主饶了李谷不杀，传令大军，直杀到长安，离三十里下营。报幼主杜威降虏，我师大败，全军皆没。幼主唬得魂不附体。右丞相李嵩奏曰："契丹主所恨者景延广，把景延广斩首，首级献契丹主，再求称臣，以保社稷。"幼主不从，回宫寻个自尽处，放起一把火，烧着翠云楼。幼主往火中一跳，却得一人救起。不知性命若何，且听下回分解。

第五十七回

# 幼主称臣降契丹

时救起幼主者，乃侍御官彭义也。幼主半晌方醒，义泣奏曰：“不如从李嵩之议，即便遣使见契丹主乞降。”幼主差李嵩赍表章，径到契丹主营中，奏曰：

> 孙男石重贵祸至神惑，运尽天亡，情愿乞降以全生灵。今特奉表大皇帝行营，早整车驾，孙男臣伏道以俟。早赐炳照。

契丹主看毕大怒，骂道：“晋主负盟背义，吾必斩之方消此恨。”令将李嵩监在营中。退入帐后，有述律太后见契丹主怒，乃劝道：“今便将幼主杀之，你亦不能为中国之君也，不若准其归降，回兵归国。”契丹主自思，所言有理，即放李嵩，叫晋主准备来降。

李嵩回见幼主，将契丹言语奏知。晋主只得领群臣迎接契丹主进城，走马登殿。幼主率群臣拜伏阶下，契丹主叫手下将石重贵脱去袍，只穿素服，发去封禅寺听候。拿过景延广，契丹主怒恨，指着骂道：“致两国不和，皆你所为也。”令将槛车囚起。延广受辱不过，夜间用手插入咽喉而死。归杀桑维翰，契丹主怜他是个忠臣，令人葬之于城东。却说晋幼主与太后被监寺内，饿了数日，太后使人问僧求食，僧曰：“辽兵四下看守，要害你母子，不敢献食。”俄有使报契丹主降封晋主为负义侯，同太后徙居黄龙府，即日就行。晋主在位五年，自高祖至是，凡二帝，一十二岁而亡。按史臣断曰：

> 齐王舍桑维翰之忠谏，信景延广之狂策，内政不修，而外挑强胡。自阳城一捷之后，顾谓国势无虞，骄奢益甚。四方贡献，皆归内府，广置宫室，崇饰后庭，赏赐伶优，多寡无数。委任冯玉，倚势弄权，赂遗辐辏，朝政日坏。当旱蝗水潦，国脉如线之时，方且遣使括民之谷，刮民之财。迨夫契丹入寇，境内惶惶，犹调莺御苑，排阻人言，遂使哭声震天，横尸蔽野，其君束手就缚，其臣计穷伏诛。迹其人谋，岂不幸哉。

丽泉读此有诗叹云：

> 称臣割地非天命，晋祖当年孕祸胎。
> 维翰逊辞延广阻，身亡国灭可哀哉。

是时，东方群盗蜂起，互相为乱，契丹主乃召晋朝百官谕之曰：“不意中国之人，难制如此！今天时炎热，不如引兵北归，别有良策守此地耳。”乃以萧翰为节度使，留守洛阳。即日拔寨而归。晋之文武诸司，从者数千人，尽载府库金宝以行。远近之人，见者无不下泪。未知后事如何？且听下回分解。

第五十八回

# 汉主谋杀史弘肇

却说刘知远封为北平王，镇守河东。却有诸将劝知远称尊，以号令四方，知远不从。及闻晋主北迁，又称说欲出兵井陉，迎归晋阳。乃命指挥使史弘肇集诸军商议，告以出师之期。军士皆曰："今天下无主，平天下者，非我主而谁？宜先正位号，然后出师。"于是众军山呼不已。知远曰："虏势尚强，吾之军威未振，当建功恢复王室，迎立新君。汝士卒何知天命存在耶？"郭威与都押衙杨邠入说知远曰："此天意也，大王不乘此以取中原，人心一移，则反受他人所制矣！"知远从之。是时契丹遣将刘愿为保义节度副使，陕人苦其暴虐，都头王晏与指挥使赵晖、侯章谋曰："刘公威德远著，吾辈若杀刘愿，举陕城以归之，为天下首倡，取富贵如反掌耳！"晖等皆言此计甚妙，可速行之。至是，王晏、赵晖、侯章等持刀直入帅府，共斩刘愿，举城降于知远。知远乃即帝位于晋阳，复迁于大梁。诸镇多降，国号曰汉，改元乾佑，更名曰杲。封杨邠为同平章事，封郭威为邺都留守。威辞行之时，言于帝曰："亲近忠直，放远奸邪，善恶之间，所宜明审。苏逢吉、杨邠、史弘肇皆先帝之旧臣，愿陛下推心任之。至于疆场之事，臣愿尽心以报陛下。"汉主敛容谢之。威至邺都，以河北人民困弊，乃号令边将谨守疆场，严加巡警，毋得侵掠。契丹入寇，则坚壁清野以待之。

汉主在位方二年，忽染暴疾，崩于正寝。群臣发丧举哀，遂迎立太子刘承佑即皇帝位，称号隐帝。承佑年方十八，即位之后，谥汉主为高帝，尊母李氏为皇太后，葬高祖于睿陵。

却说隐帝自即位以来，日益骄纵，政非已出。是时，枢密副使杨邠掌机政，郭威主征伐，史弘肇与宿卫王章掌财赋。邠性忠直，门无私谒，虽不却四方馈遗，然有余辄献之。弘肇督察京城，道不拾遗。王章捃摭遗利，供馈不乏，国家粗安。弘肇尝谓："治天下须用长枪大剑，安用毛锥子？"王章曰："若无毛锥子，财赋从何而出？"于是将相始为仇隙。时隐帝左右，尽皆宠幸之人用事，太后亲戚干政，邠等屡裁抑之。太后之弟李业求为宣徽使不得，心甚怨望，与阎晋卿、聂文进、郭允明、刘铢数人皆有宠而久不迁官，各怀不忿之心，恨着执政之人。时隐帝除丧听乐，厚赐伶人以锦袍玉带。弘肇怒曰："士卒守边苦战，受尽汗马之劳，犹未有以赐之，汝曹何功而得此乎？"即命尽夺之。

隐帝年益壮，厌为大臣所制。忽日邠与弘肇议事于殿前日："陛下但噤声勿语，凡百事臣等自有公道处之，必合于理，岂劳圣虑乎？"隐帝每听之，忧闷不已，积恨在心。于是左右之人相共谮之云："邠等执法自恣，终当为乱。"隐帝信之，遂与李业、聂文进、匡赞、郭允明谋诛邠等，以此事入奏太后，太后曰："此事何可轻发？更宜与宰相共议。"业曰："先帝尝言，朝廷大事不可谋及书生，恐其懦怯误人故也。"太后坚执不可。隐帝怒曰："国家之事，非闺门所知。"遂拂衣而出。复与数人商议，定下计策。先埋伏甲士数十于广政殿，正值邠等入朝，众兵一拥而出，喊声鼎沸，挺刃向前，杀邠与弘肇及王章于东庑下。

此时隐帝急宣众文武齐至殿下，亲谕之曰："杨邠、史弘肇等欲为大逆，朕故杀之，与汝等各无干碍。邠等尚有阿附亲党，各出镇外郡，宜遣使收捕，尽皆杀之，以除后患。”众臣皆曰：“邠等谋为不轨，陛下杀之，正合其理。臣等安敢复生异心？”隐帝即日遣供奉官孟业赍密诏至澶州，令李洪义杀弘肇余党步军指挥使王殷。再令行营指挥使郭崇威、曹威谋杀郭威及监军王峻。李业奏隐帝曰：“郭威、王峻二人家属，皆在京师，可使人执下监之。二人若知，必贻大事矣！”隐帝大喜，便差刘铢领兵抄杀郭威、王峻家属。铢为人极其惨毒，领兵至彼二家，老幼无一得免者。复遣李洪建抄杀王殷家属，洪建但使人守视，仍与之饮食。

却说孟业行了数日，已至澶州，使人报知李洪义，二人相见，业悉以前事告之。洪义惊曰：“主上无道，谋杀大臣，此取乱之道也。若果如此，吾等死无葬身之地矣！”即将孟业监下，使人请郭威以诏示之。威见诏大惊，遂召魏仁浦同来视诏。郭威告曰：“今隐帝无道，谋杀大臣，复遣使赍诏前来欲杀我等，此事若何？”仁浦曰：“且自勿虑，公乃国之大臣，功业昭著，加之掌握大兵，据守重镇。一旦为群小所窥，祸出非意，此岂辞说所能辩解？时势如此，岂可坐而待死乎？”郭威曰：“吾亦知此道理，怎奈未有奇策，犹豫不决。”仁浦曰：“如何难决？今日进则有生，富而且贵；退则有累卵之危矣！不如乘此机会，众人必然相助，何难决之有？”郭威曰：“汝言有理，深合吾意。”乃召郭崇威、曹威及诸将，告以邠等冤死及有密诏之故，且曰：“吾与诸公，披荆棘，从先帝以取天下，复受托孤之任，竭力以卫国家。今诸公已死，吾何独生？君等当奉行诏书，取吾首以献天子，庶不相累。”崇威等皆泣曰：“明公是何言也？今天子幼小，此必左右奸臣所为，若使此辈得志，国家其得安乎？众等愿随明公入朝自诉，洗荡鼠辈，以清朝廷，不可为奸计所害。”赵修已曰：“明公徒死无益，今日之计，不若顺众心，拥兵而南，此天启之也。古人云：‘天予弗取，反受其殃，不可失此机会。’”是日众论纷纷，威意遂决。乃留其养子郭荣镇守邺城，遣郭崇威领兵前驱，自将大军继之。

兵至封丘，哨马报入洛阳。隐帝大惊，急取众臣商议，遣慕容彦超领兵拒之。时彦超方食，即舍筋入朝，隐帝悉以军事委之。侯益曰:“郭威之兵，其锋甚锐，谁人与敌?其部下家属，皆在京师，官军不可轻出，不若闭城以挫其锋，使其母妻登城招之，可不战而下也。”彦超曰:“若待兵临城下，则吾辈死无噍类矣。”隐帝乃遣侯益与阎晋卿及吴虔俗、张彦超率领禁军直趋澶州。不知如何，且听下回分解。

第五十九回

# 郭威为众加黄袍

却说郭威兵至澶州，李洪义纳之。王殷亦引兵相会，合于一处。郭威心有退兵之意，诸将皆曰：“国家大事在目下一举，明公何退缩耶？国家负公，公不负国家。所以万人争奋，如报私仇。侯益辈何能为乎？”于是众皆踊跃前进，军声大振。次日兵至梅坡，扎了营寨。隐帝闻郭威兵已至近，心甚惊骇，复遣袁义、刘重进率禁军与侯益等会屯赤冈，彦超以大军屯七里店。隐帝欲自出劳军，太后止之。忽人报郭威兵来搦战，帝命彦超出马，唤敌兵答话。威遣李荣出阵与彦超交锋，约战十数回合，彦超料敌李荣不住，拨马走回本阵。李荣纵马追袭，被两翼兵射住，荣遂退回。当日彦超罢兵，部下死者百余人，于是诸军锐气稍挫。北军侯益等潜往见威，威各遣还营。彦超战败，遂与十余骑奔还兖州。隐帝独与三相及从官数十人宿于七里寨，余皆逃溃。

次早，将还宫，入至玄化门，刘铢已在门上拽弓搭箭来射隐帝。隐帝躲过，急勒马奔回西北。比及到赵村之时，后面追兵已至。隐帝见势迫，遂下马步走，为乱兵所弑。苏逢吉、阎晋卿、郭允明等皆自杀，郭威自迎春门入，归至私第。诸军入城，大掠一番。

次日文武百官朝于太后，俱奏称禅国事。王殷请曰："国不可一日无君，请早立明君以安天下。"太后下诏，迎立隐帝之弟、河东节度使刘赟即皇帝位。此时赟尚未至，正值契丹入寇，太后乃遣郭威督大军击之。威至澶州，将发之际，将士数千人忽大喧闹，急令闭门。将士逾垣而入曰："天子须侍中自为之，将士已与刘氏为仇，不可立也。"言未尽，只见一将官裂一面黄旗被于郭威身上，共挟抱之，声闻数十里。因拥威南行，威乃上太后笺，请奉汉之宗庙，事太后为母。太后乃下诏，废赟为湘阴公，即命郭威监国，百官及藩镇相继上表劝进，威遂废汉。汉传二帝，历四年，是岁辛亥，汉遂亡。史臣评曰：

> 高祖拥精锐之兵，居形便之地，属胡骑北旋中州之主，故雍容南面，而天下归之。岂其才德之首出哉？乃会其时之可为也。夫根疏者不固，基薄者易危，隐帝虽有南面之号，而政非已出，轻信群小之谋，祸不旋踵，自然之势也。父子相继，四年而灭。自古享国之短，未有若兹也。吁！哀哉！

却说郭威乃太原人也，唐庄宗有官人柴氏，归其家择姻。一日窥于门，见有疾走而过者，柴氏大惊，问此人为谁有。识者告曰："'从马直'军使郭雀儿也。"柴氏欲嫁之，父母曰："汝乃皇帝左右之人，归当嫁节度使，奈何欲嫁此等之人？"柴氏坚不他适，竟归于威。威既即位，自谓乃周虢叔之后，国号后周，称为太祖高帝，大赦天下，改元广顺元年。封柴氏为皇后。周主无子，乃立妻兄柴守礼之子柴荣为嗣，封荣为晋王。

此时刘崇称帝于晋阳。初崇闻隐帝遇害，欲起兵南向，及闻迎立赟，崇大喜曰："吾儿为帝，吾复何求？"复闻赟死，遂自称帝，所有并、汾、忻、代、岚、宪、降、蔚、沁、潦、麟、石十二州之地，以判官郑珙、赵华国为平章事。谓其臣曰："朕以高祖之业一朝坠地，今日位号，不得已而称之。顾我是何天子？尔曹是何节度耶？"国号北汉。

却说周主在邺都之时，奇爱小吏曹翰之才，使翰侍事晋王荣。荣镇澶州，以翰为牙将，荣入尹开封，翰请问曰："大王国之储嗣，万民之所瞻仰。昨闻主上得沾一疾，大王当入侍医药，奈何犹决事于外邦？若一旦有变，谁肯为之主耶？"荣听言大惊，遂欣然回阙。周主疾笃，乃诏晋王听政。周主戒曰："昔吾西征之时，见大唐十八陵，无一陵不遭废掘者。此无它，唯多藏金玉故也。我死后，当衣以纸衣，敛以瓦棺，圹中无用石，以甓代之，工人役徒，皆和雇，勿使劳役百姓。既葬之后，募近陵之民三十户，蠲其杂徭，使之守视。勿修下宫，勿用宫人，勿作石羊、石虎、石人、石马，唯刻石置陵前云：周天子生平好约，遗命用纸衣瓦棺，嗣天子不敢违也。汝违吾言，吾不福汝矣！"言讫，大叫一声，气绝而殂，年五十三岁，时广顺三年二月上旬也。史臣断云：

周祖两弑其君，篡取大位。得国之初，罢四方贡献珍食，诏百官上封事，毁汉宫室器皿，立词翰法，定税租皮法，罢户部营田，除租月课。又如曲阜谒孔子祠，复拜其墓。况有王峻以赞军事，范质以定法度，李谷以导上意，虽享国日浅，而施为有足称者。故先儒称其为唐明周世之亚，盖以此耳。然其既已文身，而甘心从之，而又偃然自处天位，则是黄屋中居一黠人耳，何以令天下众庶乎？观其语刘崇曰：自古岂有花项天子？则周祖之自处亦明矣！

周主既殂，殓于偏殿，百官有司哀恸至甚。平章事范质曰："主上晏驾，天下震动，请早立嗣君，以承国统。"乃请晋王荣即皇帝位，称号世宗皇帝，改元显德。晋王本姓柴，时年三十三岁。封冯道为太师。后八月，葬周主于新郑，谥曰太祖皇帝。尊皇后柴氏为太后，入养老宫。大赦天下。

却说北汉王刘崇闻周主已殂，乃大喜曰："郭威篡吾家天下，每欲复仇，未得其由。今郭威已死，吾无忧矣。"即遣使厚赂金帛请兵于契丹，契丹主遂遣大将杨兖率领万骑，前来助战。北汉主自率三万人马杀奔洛阳。

边关累累告急，世宗听知，聚群臣商议，欲自将兵以御之。群臣奏曰：“不可。刘崇自平阳遁走以来，势蹙气沮，必不敢自来。陛下初登大宝，山陵有日，人心易摇，不宜轻动。只遣一大将御之足矣，安劳圣驾以亲讨乎？”世宗曰：“不然，崇乘我大丧，轻朕年少新立，此必自来，朕不可不往。”冯道力争之，世宗曰：“昔唐太宗定天下，未尝不自行，联何故偷安？”道曰：“未审陛下能为唐太宗否？”世宗曰：“以吾兵力之强，破刘崇直如推山压卵耳！”道曰：“未审陛下能如山否？”世宗不悦。唯王溥劝车驾行。未知胜负如何，且听下回分解。

第六十回

# 周少主禅位宋祖

当日世宗兵行之次，但见旌旗蔽日，剑戟凝霜，人如猛虎，马赛飞彪，不日已至泽州，安下营寨。北汉之兵，屯于高平之南，世宗命前锋击之，北汉兵退十里。周世宗疑其遁去，催诸军急进。后军未至，众心畏惧，而世宗志气犹锐。乃命白重赞、李重进将左军居西，樊爱能、何徽将右军居东，向训、史彦超将精骑居中，张永德将禁兵自卫。两阵对圆，周将出马，北汉将杨兖挺枪来迎。两下合战未久，忽见周之右军樊爱能、何徽将骑兵先走，余兵大溃，约有一千余人，皆解甲声呼万岁，降于北汉。

世宗见兵势危急，遂亲冒矢石，引兵督战。宿卫将赵匡胤谓同列曰："主危如此，吾安得不致死乎？"众皆默然未答。匡胤又谓禁兵将张永得曰："吾观贼气骄暴如此，力战可破也。公急引兵乘高西出为左翼，我为右翼，两下夹攻，国家安危在此一举。"永德从之。于是二人各率精兵二千出战。匡胤此时身先士卒，众兵无不以一当百。北汉兵大败，杨兖亦不敢援，北汉主收兵北走，仅得生入晋阳。此时杀得汉兵，尸满山谷，委弃御物及辎重器械之类不可胜计。

是夕世宗野宿，得步兵之降敌者皆杀之。樊爱能等闻周兵大获全胜，与士卒悄悄复还。世宗欲肃将令，即收爱能、何徽及部下七千余人责之曰："汝辈皆累朝宿将，非不能战，今望风奔逃者无它，是欲以朕为奇货，卖与刘崇请功耳！"诸将默然不答，周世宗大怒，喝令武士推出尽皆斩之。自是骄将惰卒，始知所惧，不行姑息之政矣。有诗为证：

五代纷纷积弱余，骄军卖主主无如。
高平自是樊、何斩，从此军容有丈夫。

是时永德盛称匡胤智勇，擢为殿前都虞候。此时显德六年秋八月初一日，忽起大风，江海腾涌，平地水深数尺。周太祖陵上，松柏尽皆拔起，直从空中飞来汴城南门外，倒卓于南路。因此世宗受惊得病，至九月病渐危笃。乃召魏仁浦同平章事，加赵匡胤为殿前都点检，一同听政。复召诸臣至御榻前托孤，更嘱以后事，世宗遂崩。年三十九岁，在位六年。初世宗虽在藩，多务韬晦，及即位后，破高平之寇，人皆服其英武。

按五代史世宗以柴氏子入继大统，盖至此而周之国姓一变焉。即位之初，愤然欲削平天下，盖念乱甚而望治切，真中原之主也。深知近世之弊，起于威令之不行，上凌下僭，首诛樊、何以正军法，革五十年之弊政，遂能变弱为强，因败为功。乘胜逐北至于太原，归而简兵整众，锐意进取，于是南割江西，克秦凤，北取三关，威武之声，振响夷夏，可谓雄杰，近世以来未之有也。尝夜读书，见唐元稹均田图，乃诏颁图法于天下，使吏民先习知之，期以一岁，大均天下之田，其规模岂小小哉？迹其注意元元，留心邦本，于五代十二君之中，独称为最。使其天假之以年，其成就盖未可量也。

当日众臣请太子宗训即皇帝位，称号恭帝。宗训年方七岁，范质、魏仁浦效伊尹周公辅幼故事，封赵匡胤为归德节度使。匡胤涿郡人也，父名弘殷，为洛阳禁卫将校。娶杜氏，生匡胤于甲马营，赤光满室，营中异香，经月不散。时人谓之香孩儿营。少从新文说学，及长，容貌雄伟，器度豁如。世宗时掌军政，凡六年，士卒服其恩威，数从征伐，树立大功。世宗一日于箧中得书一本，中云“点检做天子”。世宗大惊，时张永德为点检，乃迁之，而易以匡胤。

是时，人报河东刘钧结连辽兵入寇，恭帝遂命匡胤领兵。此时主少国危，中外始有推戴之议。军校苗训在营中望见东北上，日下复有一日，黑光相荡，骇然大惊，且指曰：“此天命也。”正值黄昏，左侧兵至陈桥驿。军士相聚谋曰：“主上幼弱，我等奋力破敌，谁则知之，不如先立点检为天子，然后北征，此为上策。”众皆然之。即日厉声一呼，皆袒臂相从，环列待旦，而匡胤醉卧，实不知也。比及天色微明，军士皆环甲执兵，直叩寝门，匡胤觉悟，慌问其故。诸将答曰：“某等无主，愿策太尉为天子。”匡胤惊起披衣，诸将相与扶出，被以黄袍，山呼齐拜，掖之上马，拥还汴梁。匡胤此时拒之不可，乃揽辔誓诸将曰：“汝等自谓我为天子，若能从我命则可。不然，我不为也。”众皆下马跪曰：“愿受命令。”匡胤曰：“少帝及太后我曾北面事之，不得惊犯。公卿大臣，皆我比肩，不得侵凌。朝市府库，不得掳掠。用命则重赏，不然则族诛矣！”众皆喏喏连声。于是整军自仁和门而入，秋毫无犯。时周侍卫指挥使韩通，谋率众御之，被军校王彦升所杀，并戮其妻子。当匡胤退居公署，宰相范质、王溥诣崇元殿集文武官僚，至日暮时班定．犹未有禅诏，翰林承旨陶谷所撰禅诏，出诸袖中，遂用之。制曰：

天生烝民，树之司牧。二帝推公而禅位，三王乘时而革命，其极一也。予末小子，遭家不造，人心已去，天命有归。咨尔归德军节度使、殿前都点检赵匡胤禀上圣之资，有神武之略，佐我高祖，格于皇天，逮事世宗，功存纳簏，东征西怨，厥绩懋焉。天地鬼神，享于有德，讴谣狱讼，附于至仁，应天顺民，法尧禅舜，如释重负，予其做宾，呜呼钦哉，祗畏天命。

右按周之国，凡三君两姓，历九年而宋兴焉。

读诏已毕，宣徽使引匡胤就庭，北面听受，宰相掖升崇元殿服衮冕，即皇帝位，称号太祖皇帝。群臣朝贺，改周显德七年为建隆元年，以所领镇为宋州归德军，国号曰宋。奉周恭帝为郑王，封弟光义为殿前都虞侯，封赵普为枢密直学士，立太庙，追帝其祖考，尊母杜氏为皇太后。当日太祖设太平筵宴，大会群臣。自是文官武将，济济彬彬，布满于朝。上有尧舜之风，下有鼓腹之乐。华山隐士陈抟闻宋代周，欣然喜曰："天下自此定矣！"余见宋传，此编不多录也。逸狂诗云：

五代干戈未息肩，乱臣贼子混中原。
黎民苦怨天心怒，胡虏交驰世道颠。
点检数归真命主，陈桥兵变太平年。
黄袍丹诏须臾至，三百鸿图岂偶然。

后贤有诗云：

纷纷五代乱离间，一旦云开复见天。
草木百年新雨露，车书万里旧山川。

丽泉有诗云：

幼主无知社稷休，临危俯首做降囚。
一朝帝业归于宋，忍耻含羞入郑州。